LOCUS

catch

catch your eyes；catch your heart；catch your mind……

catch 243

厭世女兒

——你難道會不愛媽媽？

文、圖 厭世姬
編輯 連翠茉
校對 呂佳真
美術設計 許慈力

出版者：大塊文化出版股份有限公司
台北市 10550 南京東路四段 25 號 11 樓
www.locuspublishing.com
讀者服務專線：0800-006689
TEL：(02) 87123898
FAX：(02) 87123897
郵撥帳號：18955675
戶名：大塊文化出版股份有限公司
e-mail:locus@locuspublishing.com
法律顧問：董安丹律師、顧慕堯律師

總經銷：大和書報圖書股份有限公司
地址：新北市新莊區五工五路 2 號
TEL：(02) 89902588（代表號） FAX：(02) 22901658

初版一刷：2019 年 6 月
定價：新台幣 350 元
ISBN 978-986-213-977-6 Printed in Taiwan

厭世女兒

你知道會不愛媽媽了?

CYNICAL DAUGHTER

厭世姬 —— 文‧圖

推薦序1

如果快樂你就喵喵叫

李屏瑤 作家

最開始我們都不知道會被裝進什麼容器。

但是那個最初的形狀，會成為愛的原型。我是這樣認為的。生命的最開始，我們都沒有選擇，也沒有判斷的能力，有時候錯將傷害名之為愛，有時候則相反。

私底下我會叫厭世姬「昭昭」，可能因為家母都以疊字叫我（對啦就是瑤瑤），我後來才發現我會不知不覺用疊字叫親近的朋友。瑤是美玉，昭是明亮，我偶爾會想，不管父母後來做錯多少事，至少父母在為孩子取名的時候，都是充滿期待的。

讀到胃痛那篇，我也想起自己的胃痛，就像在讀她寫父母，也很難不對照自己的父母。不過痛都是各自的痛，為人子女，冷暖自知，很多難以說出口的場景，昭昭用筆將它們永遠定格了，當然記憶會浮動，每次回想，仍舊會產生新的疊影。藉由重新敘述，孩子也有從那個場景逃脫，真正長大成人的可能。我們不會再像十歲、十八歲、二十二歲那麼無助，得以離開那個反覆反省的當時，沿路走到現在。

搜尋內文，全文出現過九次「快樂」，一次是夢中爸爸的問句，兩次是媽媽的生日卡片，另外六次都是她自己的快樂，其中一個句子是：「我必須好好保護自己的快樂。」快樂像是幼貓，很脆弱，叫了也不來，但如果給快樂一點時間好好長大，可以很靈活強壯，自產自銷出更多種快樂。

家父過世前在病床上躺了好幾個月，沒有意識，依靠機器維持呼吸，人變得非常非常瘦，我到醫院的時候幾乎認不出那人是誰。因為各種緣故，在生命的最後一程，他身邊只有付錢請來的看護。那個看護發現無人來探視，怠忽照顧，很後來才發現父親背上長了巨大的褥瘡。我去探望父親的下午，病房甚至沒有人，其實可以直接關閉那些儀器也不會有人制止。我站在床側看著那個扁扁的小人，連眼淚都流不出來。我應該有在心裡對他說「我原諒你」，或者我快步離開，或者在某個平行時空我拔掉他的呼吸器，故事在心裡翻覆，有很多種版本，我選擇相信最前者。

也許一開始我們別無選擇，但接下來的每個選擇，都決定了我們會成為怎樣的人。我們不斷除錯，更新版本，最後我們打破那個初始化容器的限制，放掉恐懼，決定去好好愛人，還有練習快樂起來，厭世也可以，總之都要記得叫一叫，喵。

推薦序2

放七年的茶葉，可以喝嗎？

盧建彰 導演、作家

我帶家人回台南老家，四十多年的空房子，每一處都是我的生命記憶，當然，還有我父母的痕跡。因為天涼，想喝杯茶暖暖身，屋裡來回翻找，在牆上木櫃裡，看到一個有些灰塵的茶葉罐，外面大大寫著「茶王」，突然有點遲疑，這一定是我爸爸還在的時候買的，只是，爸爸過世都七年了，這茶，可以喝嗎？

父親走的那一年是總統大選，他看完開票，關上喧鬧的電視，坐在病房裡，安靜襲來，那失望具體而厚重，彷彿用手可以碰觸得到。十三天後，他就離開了。因此，我現在都用總統大選來計算，父親離開我幾年了。

父親病危送醫的前一個月，我辭掉廣告公司的工作去歐洲流浪一個月，那段日子，我不像平常可以每天早晚各一次打電話回家，我只有每個禮拜傳簡訊，在那個還沒有手機免費通訊軟體的時代。如今，我總是在想，我是不是錯過了？我是不是錯了？錯過跟爸爸說話的機會，我跑去玩那一整個月，是不是錯了？我到現在還是在想，要是我沒去歐洲玩，會不會就比較能注意到父親的病情變化，會不會就可以不太一樣？

事實上，我自己知道，不會的。父親的離開，對已經被癌症末期腹水折磨的他，是種解脫，是帶點善意的安排，讓一向重視儀容的他多些尊嚴。

我跟父親抱怨怎麼都沒跟我說清楚病況，明明我每天打電話回家，他說，「說了你又不能怎樣」。

那趟拋下生病父母親的旅行，讓我後來寫出了第一本書，若沒有那趟旅行，我大概這輩子都沒有機會寫書吧。之後每次書寫，我心中總是暗暗感謝那個明明清楚自己狀況卻一口答應讓我去遠行的父親。

那天和朋友聊起台南路邊的白糖粿，炸起來熱呼呼，蘸上糖粉，來回滾動，一身白淨，又甜又油，吃了滿是幸福。

我笑著說，我和爸爸去醫院門診完，醫生叮囑不要吃甜的，我爸卻一走出醫院就在路口買了兩條，我說，這樣好嗎？

他說，醫生是說不要吃甜的，又沒說不能吃白糖粿。他邊笑，邊咬下。我還記得。

還好，我給他吃了，因為不吃，幾個月後他還不是得走？還不如笑笑的、滿足的走。還好，他走前的那一個月，我可以每天在他身邊，一直問以前的事，問阿公的故事，問家族舊事，讀他寫的詩。還好，他是我爸爸。

媽呀，我擦一下眼淚。對不起，我真正想說的是，我超尊敬厭世姬的。我曾想寫父親，卻潰堤。

厭世姬這書寫得誠實無比，把和父、母親的愛怨都清楚地用故事刻畫，我讀的時候，只是一直捏，捏自己的腿，也捏自己的心。為過往遭遇中的她捏一把冷汗，也為她流一把清淚，實在太不容易，太掏心肺，簡直是種慷慨。

我一直很好奇厭世姬是怎樣養成的，以前看她作品，幾筆畫幾個字就能強烈描出人心裡那個點，以廣告操作的說法，就是很有 INSIGHT，總猜著要嘛她很聰明，要嘛她經歷很多。現在我知道了，她不只聰明，而且經歷很多，也許，太多。讓人想打從心裡給她一個擁抱，不過，她其實已經先一步，先給世界一個大擁抱了。

我覺得，這本書就是，就是她給世界的一個大擁抱，也教我們如何放下手上的、心上的，張開雙臂，抱抱世界，抱抱家人，也抱抱自己。

放七年的茶我喝了，味道還不錯，這本放心上十年的書，你也試試。為你自己。

推薦序3

活下來的詛咒

顏訥 作家

厭世姬長大以後才突然對我說，喂，默默姐姐，其實小時候我好討厭你。

對於這份遲來的告白，零點零一秒內，三十三年來作為人的教養告訴我，有人稱讚你的話要趕緊道謝順勢自謙，但如果有人說討厭你，慘了，好像缺少得體的語彙可動用，只能回報以尷尬又不失禮貌的微笑結束這一回合。但心中仍不免惦記著到底為什麼，偶爾想像自己馬景濤式搖晃她的肩膀怒喊：我哪裡錯了嗎？一直到讀完書稿以後，才明白，原來是這樣啊，手一抹發現臉濕濕的，心中的馬景濤還在，還是想搖晃厭世姬的肩膀，希望自己能在她還沒長大之前對她說：你沒有錯，你沒有錯。

只是來不及了。

厭世姬畢竟帶著這些傷害，長成爸媽當年或許想像不到的樣子。充滿憤怒但其實無比溫柔，火裡來水裡去，誰都不需要的那樣獨立，卻又比任何人都渴望愛與陪伴。

而她這個人的複雜也構成了圖文創作裡的迷人特質，幽默，犀利，無畏且自由，對人類怨憤，但其實還沒有絕望。她是這樣好的一個人，這樣好的一個創作者，即便如此，這本書仍舊從一個巨大的自厭出發：我夠格當一個創作者了嗎？再往下讀，你會知道，她其實問的是：我夠格當我媽媽的女兒了嗎？

厭世姬還是小女孩的時候，我們的媽媽為了照顧我們接連從出版社離職。那時，雖然被各自的媽媽帶著見面，但總是夾在大人的話題之間。反倒這幾年開始有了屬於自己的大人話題，才真正熟識起來。過往大部分的時間，迷你版厭世姬登場，通常是一尊被剪裁得非常妥貼、盛裝駕到的公主殿下。蕾絲邊，蝴蝶結，宮廷風大翻領，微鬈的頭髮被巧妙梳成幾股辮子，錯落得還很有機。所有想像得到小女孩應該憧憬的元素，分毫不差被組裝在她身上。對著這樣一個女孩，大概所有人都會說：「真是好命啊。」誰知道好命會變成一道詛咒呢？厲鬼一樣附身：「你配得上這個命嗎？」又橫在她創作的路上索命：「你夠苦了嗎？」雖然現在，再也不可能會有人對著她說你真好命了吧。當初下咒的母親已經不在了，只是小女孩還困在詛咒裡，苦苦與自己糾纏。

如果不是她把心扯出胸腔去寫，我大概也沒機會回想記憶中那套無懈可擊的裝扮，到底是一個女孩的憧憬？還是一個母親意志的貫徹？而厭世姬像是用一整本書去與這些細思極恐的線索鬥爭。一邊撕扯，一邊縫補的，是她與爸媽的關係，是她在性別認同、親密關係上的磕絆，也是創作上的自我懷疑。說到底，她想說的或許是，倖存下來了，只是該怎麼活，能活成什麼樣子，比死更冷的問題，也只剩活著的自己能夠回答了。

近幾年來，許多碰觸親職育兒議題的作品被翻譯、出版、改編，憂鬱的爸媽、壓抑的小孩紛紛從暗處現身。只是在大多數努力朝向和解的呈現裡，如厭世姬一遍又一遍坦承：或許不愛媽媽，媽媽死了不難過，媽媽跟我分享無性生活，我不重要所以爸爸不能為了我活著？這些讀來怵目驚心的解剖，還屬少見。面對傷害，沒辦法原諒的話怎麼辦？厭世姬用她的書寫替我們爭取了時間，也許僅僅是接受這樣的自己，就已經足夠好了。

推薦序4

給《厭世女兒》

簡莉穎　劇作家

我跟大部分的人一樣，是先認識厭世姬的圖文，才認識她本人。

看到有趣的創作者，常會好奇這個人究竟怎麼長成的，哪來這麼多又賤又機掰的想法，怎麼活的呀。

看了本書，難怪厭世，活下來真不容易。

厭世的養成，或許在於這個世界根本不值得愛。

最親近的母親「似乎」不斷傷害自己，要長大後才真的能確認被傷害了，但又怎樣呢，人不在了，種種委屈也無處可討了；「好像」最愛自己的父親，竟然丟下一切自殺了，目睹自殺現場，連要摔東西洩憤都不行，摔爛也只剩自己能收拾了。

身為家族中極為罕見的文藝青年兼戲劇工作者，常幻想要是我父我母任一人是文青，帶我讀小說聽音樂，一定有說不完的話吧，直到認識了幾個出身書香門第的朋友，才知道原來她們也有自己的辛苦。對比我在家被當成文人四處炫耀、影印我的作文分送親友；朋友們有的是把文章藏起來不讓作家爸爸看到，不然爸爸會囉哩囉唆給意見；或像厭世姬，總是被當過編輯、文藝女青年的母親嫌棄：「你不夠好」。

作為捨棄工作全職母親的理想女兒，「不夠好」。

少數如厭世姬一般求生意志強烈的聰明孩子，才得以在層層否定中長大且沒有長歪，巨細靡遺吞吐每一吋記憶，終能問出：「我夠好了嗎？有沒有可能，不夠好的，是你呢？」

華人界裡比性更難啟齒的自白大概是，爸媽，我沒那麼愛你。

過往書寫父母，大抵是朱自清「背影」的套路：平平常常的一天，平平常常冷淡的父母，突然看到父母慈祥和藹做了某事，體會到父母愛如山，立誓要好好孝順父母。

我們都知道父母的面向不止如此，卻少有真實的親子書寫，直到前幾年佐野洋子的散文、幾本談論母女糾葛的社普出版，極難啟齒的面向才終於有點滴討論。

我們需要《厭世女兒》的誠實，篇篇見骨，對抗氾濫到面目模糊的「孝順」、「母愛」、「和解」，各種慘痛貼膚的實例，勾起各種你想忘記的回憶，體認到父母也只是普通人的那刻，好像有什麼可以放下了。

讀到有點心痛的話，請按照插圖做各種蛋料理，就算厭世姬把媽媽吃掉孩子的惡趣味發揮到極致，她畫的食物看起來還是相當好吃。各種美味平和的殺人現場，太好的比喻。你夠好了，好到不能再好，書值得大賣，苦難折成現金，一切還是有意義的。

自序

其實也沒那麼嚴重了！

寫這本書要了我半條命，過程中大病好幾場，喉嚨發炎、胃痛、全身皮膚過敏。躺在床上收到編輯催稿的訊息，我一邊咳嗽一邊想，要是得了肺炎我就告出版社！

但儘管好幾次想放棄，最後還是硬著頭皮完成了，大大感謝編輯的協助與包容。

當初會想寫這本書，一方面是覺得在父母過世十週年，好像應該要整理一下思緒。畢竟他們的離世，確實對我後來的人生有著巨大的影響。

另一方面，前年接受《壹週刊》的採訪，之後我就被貼上「父自殺，母憂鬱」的標籤。其他媒體也隨即做了相關報導，甚至學校、諮商中心等也邀請我針對這個題目演講。我覺得有些混亂，明明自己都還沒機會好好靜下心想想這件事。

這幾年每逢父親節或母親節，我就會在「厭世動物園」的粉專上，放上一篇「我沒有在過父親節／母親節」的圖文，每次都引起廣大的回響。原來不過節的網友很多，有些人和我一樣父母過世，有的則因為父母家暴、欠債、犯罪等原因。他們或留言或私訊和我分享，我才驚覺在家庭關係中受傷的人意外的多。也有人說她的母親也是憂鬱症，所以能夠了解我的心情。透過網路，陌生人得以互相安慰，知道自己並不孤單。我也因為這樣，才決定要寫這本書。

寫作的過程很痛苦，往事歷歷在目，彷彿又重新經歷了一次。同時，又覺得不斷抱怨父母的自己很可笑。一邊寫也一邊懷疑，真有人要看一本抱怨父母的書嗎？

當然還感到一些罪惡，爸媽都已經過世了，我還在講他們的壞話。

然而，也是透過這次寫作，我在心裡和父親、母親和解了。過去我不懂母親為什麼要那樣折磨我，越是深入思考、探究，似乎逐漸能體會她的處境和心情。

寫著寫著，忽然媽媽已不如我記憶中的壞了。

最後感謝我的伴侶小粒，因為有你，我的人生才得以圓滿。

目次

我命太好了？

我去催眠。

看了兩段前世，第一段裡，我是一個在沙漠中守城牆的士兵。家裡只有我跟媽媽，好像還養了幾隻雞。後來結婚了，媽媽也死掉了。老婆生了一個兒子，兒子又生了孫子，然後我腳受傷感染就死掉了。臨死的時候身邊只有兒子和孫子，老婆不知道跑去哪。孫子好像很怕我的樣子，一點也不親。兒子也沒什麼表情，就默默的看著我。那個時候的我心想，好無聊的一生啊，真後悔沒去旅行。另一段是在海島，我是一個美麗又備受寵愛的少女，爸爸好像是頭目吧，家裡的屋簷下都會掛著一串串的白色貝殼。我每天都和隔壁青梅竹馬的少年在海裡玩，十六歲的時候就跟他結婚了。

也看到了今生。

七歲的我在我們家三樓吹頭髮，媽媽在二樓講電話。我都自己吹頭髮喔，因為我媽不喜歡幫我做這些事，她想訓練我獨立。我頭髮很長，吹一吹就被吹風機捲進去了，吹風機劈劈啪啪起了火花。我嚇死了，但只發出一聲：「啊！」媽媽在二樓，對我喊了一聲：「怎麼了？」但因為我太驚嚇了，以致於什麼都說不出來。我自己把吹風機的插頭拔掉，把頭髮從吹風機裡面扯出來。頭髮被捲進去的時候很痛，而且還有燒焦味，所以我哭了。媽媽講完電話才來看我怎麼了，看到我在哭，她說：「我想你只是叫了一聲嘛，應該沒有很嚴重。」

催眠師說：「這就是你安全感匱乏的源頭。」

催眠一次要三千元，這個價錢可以吃有生蠔和海膽的無菜單日本料理。爸爸自殺過世後，我看了好幾年的心理諮商。諮商一次要一千五，累積下來應該已經可以買台摩托車了。所以說，要搞清楚自己心裡有什麼問題是很花錢的。

本來是因為爸爸自殺才去心理諮商，但大部分時間都在談媽媽的事。我媽有憂鬱症或是躁鬱症之類的精神疾病，曾經住過兩次療養院，但是沒有人願意跟我談這個問題。媽媽第二次住療養院的時候，爸爸還騙我是因為我不乖，所以媽媽離家出走了。

我長期處在自厭的情緒之中。

媽媽總是說我三分鐘熱度、粗心、小時了了大未必佳。叫我不要太得意忘形，說我驕傲。「我把你生得這麼漂亮，你怎麼把自己搞得這麼醜？」每次看到我臉上的青春痘疤，她必定碎念一番，彷彿長青春痘是我的錯。

「你真的覺得自己三分鐘熱度嗎？或是粗心？」有次諮商師這樣問我。

「其實好像也還好，畢竟我現在也常常幫同事看帳，如果我很粗心的話，應該不會有人找我幫忙吧？」

諮商師給了我一個「那就對了」的眼神。我終於發現，原來我不是自己一直以為的那樣。

媽媽喜歡定義別人，而且往往是錯誤的定義。爸爸生肖屬狗，媽媽總是說爸爸愛狗，所以買了很多和狗相關的小東西給他，狗杯子、小型狗雕像、狗紙鎮等等。媽媽過世後，我和爸爸領養了一隻貓，他每天花很多時間陪貓玩，甚至買肯德基餵貓吃。

「其實我一直都比較喜歡貓。」有次爸爸脫口而出。我很訝異，但馬上想到家裡門口的鞋櫃上，放著五歲的爸爸抱著一隻小貓的照片。

就那麼顯眼的地方，媽媽還是自顧自的相信「爸爸愛狗」。而且她不只自己相信，還說服我一起相信。

我也被她說服自己是個充滿缺陷的人，自大、驕傲、沒定性、沒耐心、三分鐘熱度又粗心大意。我是個糟糕的人，我不值得被愛，我永遠不會成功。可是每當這麼喪氣的時候，媽媽又正面了起來。「你很有創意、有管理天份，還有語言天分。」她會這樣說。

「天分」是媽媽很在意的事，她覺得我有語言天分，就送我去上美語補習班；也覺得我有管理天分，EQ很高，就買了一堆卡內基的書給我看，希望我未來能成為高階經理人。但她從不覺得我有繪畫天分。國中時我熱中畫漫畫，有時半夜爬起來偷畫，她發現後，把我的稿子拿起來，說：「畫這麼醜，還是別畫了吧，不如去睡覺。」

媽媽似乎有種本能以打擊我為樂。小時候的我和大部分的小女孩一樣，都喜歡畫一些花或仙女之類的漂亮玩意兒。大約小學一年級的時候，我得到一盒十二色的彩色鉛筆，外裝的鐵盒上印了五六種繪製得栩栩如生的花卉，有紫羅蘭、水仙、百合等。我照著畫，畫完了花，不免俗地又加了幾個小仙女。媽媽看到了就說：「你畫得不對。」隨即就在我的紙上、我畫的小仙女旁邊，畫了一個漂亮得不得了的娃娃。

「這樣才對。」媽媽有些得意洋洋。直到現在，我都還記得她如何神氣地把那張紙交還給我。

到底什麼樣的人會以打擊自己的小孩為樂？

她沒有要教我怎麼畫，也沒有勉勵我將來會畫更好。她只是想告訴我：「你沒天分。」

我所有的「天分」都是媽媽欽點的，她說什麼便是什麼，就像童話裡專

媽啊一

厭世女兒筆記

世界上有一種
最美麗的聲音，
那便是
母親的呼喚。

——但丁

事下咒的魔女。只要媽媽認定的事情，經由她的口講出來，就會成真。

我曾經嚮往當作家，她的建議是：「你命太好，寫不出好作品。」這次她倒不講天分了，在她眼裡，我是能寫的。她從未以「搞這些沒飯吃」或是「你靠什麼養活自己」阻止我走上創作這條路，而是更激進，或者說更浪漫的方式。「如果沒有受盡痛苦與折磨，是寫不出好作品的。你看那些文豪，不是很窮就是有病，不然就是身世坎坷。你啊，就是命太好，沒辦法當一個好的創作者。」她認為只有經過磨難、受苦的靈魂才能淬煉出曠世巨作。

這個說法太悲壯了，以至於我深信不疑。「啊，也許我不適合創作吧，畢竟我的命這麼好。」

反倒是後來我把這個說法講給人聽，有人皺著眉說：「你真是老派文青啊！」

對於我的命很好這點，我也是深信不疑。就算因為媽媽的關係受了不少苦，我還是覺得自己命很好。「誰像你一樣這麼小就去過那麼多國家呢？」「誰像你一樣看這麼多舞台劇呢？」「這是因為爸爸媽媽愛你，才讓你過這麼好的生活啊！」這是媽媽常常掛在嘴邊的話。

以至於媽媽過世後不久，當我發現爸爸陳屍在家中浴缸的那一刻，我就像演戲一樣，仰頭對著空氣中某個地方，「媽媽，你看看吧，這就是你所謂的好命嗎？」

而即使是提筆的現在，我還是會忍不住忿忿地問：我夠格了嗎？我可以當一個創作者了嗎？

但，也已經沒有人能回答這個問題了。

媽媽死了，我會難過嗎？

誰會對自己的媽媽說「我希望你趕快死」呢？我在心裡不知說過幾百遍，就是從來沒真正說出口。而媽媽或許知道我在心裡咒她死，只是也沒有說破。

媽媽過世前幾個月，已經虛弱到無法起身行走，需要由我攙扶。一開始我扶著她從臥室走到客廳，有陽光的時候讓她在那裡曬曬太陽，或者看看電視台的古裝韓劇吃中飯。就這樣過了一陣子，等到古裝劇演完，換成另一檔時裝劇，媽媽就連走這段路的力氣也沒有了。

爸爸拿來一個手搖鈴放到媽媽床邊，讓她有什麼需要就搖鈴叫喚。那個銅製手搖鈴從我小時候就在了，是那種古代歐洲貴族用來傳喚傭人的。媽媽喜歡買些華而不實的古董家飾，當初買的時候，應該想不到有一天會派上用場。

然而，後來媽媽連手搖鈴都搖不動了，爸爸於是把手搖鈴換成無線電鈴，只要按按鈕就行。我那時休學在家照顧她，沒事則在自己房間裡鬼混，聽到鈴聲再進她臥室看看有什麼需要。有時候要喝水，有時候要上廁所，有時候是咳嗽得厲害，要我幫她按止咳的穴道。最後，幾乎每次都是要我幫她按穴道。

我的房間和媽媽的房間只隔一道牆，每天聽她撕心裂肺的咳，從早到晚不間斷，聽得我快精神崩潰。當時我有個美國筆友，我們用紙筆通信。每每信才寫了幾個字，就傳來媽媽的按鈴，實在煩不勝煩，我曾因此在信上寫著：「按那個穴道根本沒有用，她還是一直咳，真希望她趕快死。」筆友回信安慰我，沒有人一出生就知道怎麼跟家人相處，就像你從沒騎過馬，卻自認很會騎，當從馬背上摔下來的時候就一定感覺很挫折。

我希望媽媽死掉與因為太自以為是而從馬背上摔下來，好像不能相提並論，但感覺筆友很努力想安慰我，這份心意還是讓我好過了一點。

媽媽雖然長年做家事，但雙手保養得宜，摸起來滑溜細膩。我把她軟軟熱熱的手握在掌心，一邊捏按穴道一邊心裡說著：「媽媽，早點走吧，早點解脫吧！」縱使我是出於善意，希望她不要再受苦，但希望媽媽早死的念頭還是讓我很有罪惡感。人可以希望自己的媽媽去死嗎？暗自禱告、跟神明發願折壽給媽媽才是對的吧？但看著媽媽躺在床上奄奄一息的樣子，我卻只希望這一切趕快過去，怎麼樣也說不出願拿自己二十年陽壽換她五年性命的話來。

手搖鈴時期的媽媽有一次坐在床上哭，有氣無力的對我說：「剛剛看《新聞挖挖哇》，于美人說她小孩還小的時候，她常常情緒失控，對著他們吼叫。她說，小孩成長過程中，如果做父母的情緒不穩定，時常大吼大叫，小孩就會沒有安全感，覺得自己不被愛。于美人講到都哭了，說當她的小孩很辛苦啊。我想到你，你也很辛苦喔，你那時候那麼小……」

媽媽突然的懺悔，讓我一時不知所措，直覺得尷尬，連忙打發她：「我早就忘記了，沒關係啦！」媽媽看起來確實很愧疚，或許也是因為生病讓她變得柔軟吧，總之她應該是真心的。但，你不只是吼我而已，對我的傷害也豈止是讓我沒有安全感……

十八歲生日那天收到媽媽的一封信，讓我幾近抓狂。信上寫道：「媽媽對你做過許多蠢事，傷過你的心，我一直沒忘記這些，而我只能祈求上帝幫助你，讓那些傷痛能早日撫平，請原諒媽媽的可鄙。」

其實，信裡更多是一位媽媽對女兒的期許與祝福，卻單單這段話完全挑起我的怒火，以至於讀信當下，完全無視其他的美好。

你說的是天方夜譚嗎？我才不需要上帝幫助，我連上帝存不存在都不知道。你在我身上撕開的傷口，怎麼沒有勇氣自己來撫平？我這輩子都不會原諒你。

大二寒假去美濃做田野，認識了一位研究生。研究生自稱略懂命理，看了我的手相說：「你媽會早死。」還說死因是肺病。事後證實頗為神準。

我回家之後，如實轉告了媽媽。忘記當時究竟是用什麼樣的心情講出：「我認識一個人，他說你會早死。」不過我想應該是顯得沈重吧，因為媽媽反而安慰我：「人家亂講的，你不要相信。」接著又補了一句：「這個人也很奇怪，他這樣說，不怕你難過嗎？」我怔住了，感覺血液直衝腦門，一陣暈眩。

媽媽死了，我會難過嗎？

我從來沒想過這個問題，或是說，不敢想這個問題，因為害怕答案會讓自己羞愧。

我看著媽媽，這個一年三百六十五天天天緊皺眉頭的人、這個從我幼年起就動不動說後悔生下我，說我毀了她的一生，恨不得我趕快去死的人，對我來說，死了有什麼關係呢？

我覺得荒謬，原來媽媽以為她死了我會難過。她甚至還說：「難道你會不愛媽媽嗎？」我簡直要崩潰了。

上大學之後，我們變得很少吵架，她也不再那樣歇斯底里了。也許因此她覺得我已經沒事了，傷口已撫平，我們是再正常不過的一對母女。她開始跟我分享她婚姻的困境，和我討論是否該與爸爸離婚，或是抱怨過去她在婆家受到的屈辱。

人的嘴唇
所能發出的
最甜美的字眼，
就是母親。

——紀伯倫

媽啊～

但是，媽媽，那些我在五歲、六歲、十歲、十五歲、十七歲時流著淚睡去的夜晚，那些嘶吼與冷戰，那些毒打、逼迫我寫習題的時刻，可不會因兩三年的友好就成了過眼雲煙。

我說不出口愛媽媽。小學寫了一首詩，大意是媽媽生氣的時候是怪獸，砰砰砰把地板踩裂了，嘩啦啦把東西打碎了，我害怕的躲了起來……媽媽很震驚，我偷聽到她跟老師說：「我不覺得自己有這麼兇啊！」倒是老師反過來勸她，父母情緒不穩定可能會對孩子心理造成影響。

之後我越是無法說出我愛媽媽，甚至連愛是什麼都不知道了。當然我還是可以敷衍她那些令人煩躁的「難道你會不愛媽媽嗎」，就像長大後我也常這樣應付一些煩人的情人，並非什麼困難的事情。

媽媽臨終陷入昏迷，當時爸爸已經傻了，一直跟我說「媽媽只是睡著」。

當然不是睡著，我逕自打電話給醫院。醫院判斷是病危，派了救護車來。爸爸很慌，除了奶奶過世的時候，我沒看過他這麼無助，就像個做錯事的小孩。

到了急診室，我才開始有了現實感。媽媽插管躺在床上，當時她已經瘦到像具骷髏了。我心裡很平靜，想著原來這就是生命的終點。爸爸坐在一旁啜泣，我還有點恍惚，我們都在等著某個時刻到來。

終於來到那個時刻。爸爸叫了我：「媽媽醒來了，你快跟她說話。」把我推到床前。媽媽睜著雙眼，眼神清澈明亮，意識很清楚。

我一開口就哭了，很勉強才把話講完。「不管你以前做了什麼，我都原諒你了，你安心的走吧。」沒多久她就閉上眼睛走了。

我哭得比自己預期的還慘、還久。可是，我始終還是沒辦法說，我愛媽媽。

媽媽生病都是我的錯？

媽媽也曾有過很肉麻的時候，喜歡抱我、親我，說她愛我，走路時也愛牽著我的手。在外人眼中，我們應該是一對相親相愛的母女。

媽媽的手非常柔軟，我喜歡牽著她的手，感受她的體溫，一邊散步一邊閒聊。

大學的時候，爸爸的事業如日中天，我們搬到了新店一處非常高級的社區。舊時國大代表群居在這一帶，街道整齊，路樹扶疏。我們家住在二樓，窗外就是一整排榕樹與台灣欒樹，像是一片綠色的帘子。好天氣裡，金色陽光穿過樹縫，灑落地上成了美麗的光點。

週末的午後，我和媽媽手勾著手，在社區裡散步。我喜歡和媽媽聊天，媽媽是一個非常博學的人，閱讀量驚人，不管我講什麼，她都能接得上話。我們就像一對好朋友，無所不聊。

那些午後，過去的陰影散去了，媽媽變成一個能夠溝通的人。我們互相傾聽、互相理解。我陸續知道，一直自稱「模範夫妻」並引以為傲的爸爸與媽媽，其實是在媽媽決定分手之下，爸爸才趕緊求婚的；媽媽並不想跟爸爸結婚，她另有喜歡的人住在屏東故鄉，只是生長於本省家庭對外省家庭的嚮往，終究還是戰勝了愛情。但，結婚後，爸爸的外省家人對於這個本省媳婦，卻有著無盡的歧視與排擠，一直到爺爺過世，都沒有把媽媽視同自己家人。

那幾年，我逐漸拼湊出媽媽婚姻的全貌，意識到她在其中經歷的痛苦與壓迫。有一天她跟我說，她真的非常想要離婚，但是沒有經濟支柱。那是我第一次不假思索地就站在她那邊，我對她說：「沒關係，我可以養你。」

那也是我第一次感覺到，自己的心裡有一個地方鬆動了。從那個鬆動的地方，可能會有名為愛的東西萌生出來，且向下扎根，開枝散葉，結成果子。但什麼也沒發生。隔年，爸爸生意失敗，隨後奶奶車禍身亡，媽媽癌症復發。兵荒馬亂之中，我和媽媽始終來不及好好和解。

從國中開始，我就發現自己很難對媽媽講出「我愛你」。只有母親節，或是媽媽生日的時候，我才會在卡片上寫下這三個字。「我愛你」應該是在看到自己所愛的人，心中湧起一股暖流，自然而然就會說出來的話。有很長一段時間，我無法正視媽媽的臉，更遑論講出「我愛你」這麼親暱的話了。媽媽的臉，只會讓我想到她下一秒可能大發雷霆的樣子，立刻緊張得胃痛。

外人面前的媽媽總是笑臉迎人、談笑風生，一副爽朗老大姐的樣子。但是在家裡面對我和爸爸的時候，她卻很少笑，幾乎隨時隨地都眉頭深鎖，滿肚子怨氣和怒氣。

媽媽的告別式上，她的朋友、同事，我的老師、同學和他們的家人等等，所有認識她的人，都感傷地表示十分懷念她的笑聲。她以前的老闆甚至對我說：「沒看過比你媽還愛笑的人。」

除了我和爸爸，沒有人知道媽媽發起脾氣是什麼樣子。

每次有人跟我說：「你媽生性樂觀開朗。」我都會非常訝異。媽媽大概是我認知裡最會抱怨的人。國、高中每天放學回家，從進門開始，媽媽必定跟在我身邊，細數她一天下來為這個家做了哪些事，「我從早上開始就一直做做做做做，到傍晚都沒有坐下來喝一杯水。」一定要從我口中聽到：「謝謝媽媽，你辛苦了。」才會滿意地離去。

在家的媽媽總是一副陰陰沈沈，彷彿她所有的快樂和活力都給了家門外

每一個母親
都有一顆
赤子之心。

——惠特曼

其他人了。大多數的日子，她都板著一張臉，卻要求我隨時隨地要對她和顏悅色。對她不能講「幹嘛」，一定要說「什麼事」。如果沒有必恭必敬，就會被狂吼著質問：「為什麼對媽媽不耐煩？」「怎麼可以這樣對媽媽講話？」

「有你這種小孩，我不如去死！」

我好幾次被媽媽罵到耳鳴，那樣的音量恐怕上下樓層的鄰居都能聽到。

「你怎麼不去死！你現在就給我去跳樓！」

「我要你這樣的小孩幹嘛？」

「我不想再見到你了，你給我滾！」

被這樣罵著的時候，我一方面覺得被鄰居聽到很丟臉，另一方面也暗自希望鄰居去報警。但鄰居從來沒這麼做，我也就這樣被罵著長大了。

她生氣時猙獰的表情儼然童話書裡的惡鬼，讓我當真以為她打從心底希望我消失。小學時，媽媽常用塑膠尺打我，打到尺都斷掉，上國中之後，她較少打我了，但換成毆打我的心。

有一回，我去看《A. I.人工智慧》，劇情來到機器男孩大衛被他視為媽媽的莫妮卡載到樹林裡拋棄，我當下在電影院裡痛哭。那大概是我在電影院裡哭得最慘的一次，到現在都還記得那一幕：一個小小男孩追在汽車後面，滿臉困惑、恐懼與悲傷，不解媽媽為什麼要丟下他。

「他那麼小，你怎麼可以那麼殘忍？」我一邊哭一邊想著。即使看完電影後幾天，我一想到還是會流淚。

媽媽見狀還有點取笑的說：「別哭了，我又沒有要把你丟掉。」才怪呢，你就是想把我丟掉，你以為我不記得了嗎。

上小學之前，我被禁止進入媽媽房間，因為那會害她睡不著。於是我總趴在門外，透過門縫看裡面的光，感受從門縫飄出來的冷氣。涼涼的風讓我想像媽媽在裡面很舒適、很安穩，像是城堡裡的公主。

但我也怕緊挨著媽媽，特別是媽媽坐在一旁看我寫功課，一旦寫錯，往往塑膠尺立刻當頭咻地打下來，伴隨著「怎麼這麼笨？」的咆哮。不過，比起吼罵，我更恐懼冷戰。對一個八、九歲的小孩子來說，媽媽一兩個禮拜不笑、不跟她講話，就像是被拋棄一樣恐怖。我哭著求、搞笑著求、裝瘋賣傻求她原諒我，花招百出到連當初她為什麼生氣都忘記了，但她還是不為所動。直到氣夠了，終於願意開口對我說話，那個瞬間我真的有一種彷彿重生的感覺。讓一個八、九歲的小孩體會到重生的感覺，這是多麼荒謬的事情。

我曾經深深相信媽媽真的會被我氣死，媽媽的身體或心理只要出了任何一點毛病，那一定是我的錯。

小學三年級的某天，媽媽丟下一句「我會被你活活氣死」後離家出走。爸爸回到家似乎已經知道發生了什麼事，並不驚慌，只見他頻頻嘆氣，有些疲憊的說：「你就不能乖一點嗎？你又不是不知道媽媽生病了，你就不能讓著她一點嗎？」說完，他催促我收拾行李，然後把我丟去奶奶家。

「我把媽媽氣走了。」坐在車上，我滿腦子都是這句話，全身的血液都涼了。我很害怕，但除了哭，什麼也做不了。我害怕媽媽真的不回來了，這樣我就會變成沒有媽媽的小孩。住到奶奶家，我每天自動自發寫功課、寫自修，乖乖等媽媽回家的消息。不久，爸爸說他找到媽媽了，但媽媽很氣我，所以不願意回家。爸爸打電話給媽媽，把話筒遞給我，叫我和媽媽講話。我一直道歉，但電話那頭始終只有沈默。

將近二十年過去，我才知道當初媽媽並不是離家出走，而是憂鬱症發作去住院。我沒把她氣走。

我的媽媽病了，但是沒有人跟我解釋她生的是什麼病。也沒有人告訴我，媽媽生病不是我的錯。我就在自責與恐懼中度過我的童年。

不願忍耐，就會沒有媽媽？

很小的時候，我就隱隱約約知道媽媽生病了。稍微長大一點之後，爸爸告訴我，媽媽生的病叫作憂鬱症。當時我年紀太小，憂鬱症對我來說只是一個模糊的概念，我沒辦法把它和媽媽激烈的情緒起伏、暴怒和歇斯底里聯想在一起。

不知道從什麼時候開始，爸爸時不時就對我說：「媽媽生病了，你要讓著媽媽一點。」可能是因為我漸漸長大了，所以媽媽暴怒發脾氣之後，爸爸也不再安慰我，而是要求我再多忍耐一點。

「沒辦法，她就是你媽嘛。你不願意忍耐，你就沒有媽媽了。」大概是這樣的意思。

所以我選擇了忍耐。

媽媽第一次因憂鬱症住院的時候，我念幼稚園中班，應該是四歲或五歲的年紀。平常早上媽媽都會送我去巷子口搭校車，下午校車會把我送回巷子口，媽媽再把我從巷口領回家。媽媽住院之後，早上爸爸載我去上學，我得等到晚上六、七點，爸爸下班之後才會來幼稚園接我回家。

有一天晚上，同學們全都回家了，只剩下一個同學和我還遲遲無人領回。那時候我默默祈禱，希望自己不要最後一個離開。我告訴自己，我的爸爸一定會比同學的爸爸更早來接我。那時，我已經緊張得想哭了，等到同學的爸爸出現在門口時，我終於忍不住大聲哭了出來。全校只剩我一個小孩了，爸爸忘記我了嗎？到現在，我連另外那個孩子是男是女都不記得，但差點被拋棄的恐懼，卻永遠都忘不了。

爸爸接我回家之後，就會煮晚餐給我吃。煮來煮去就那幾道菜，不是肉丸湯，就是煮泡麵。肉丸有點費事但並不困難，家裡有一台食物調理機，把雞胸肉和蔬菜一起放進去磨成泥，再丟到湯裡面煮熟就可以了。湯裡還放了大白菜，煮得爛爛的，吸飽了肉湯很好吃。煮泡麵就再加上青江菜和雞蛋而已。

我們都在吃完晚餐後，去醫院看媽媽。媽媽當時住的是台北市立療養院，也就是現在的松德院區。有時，爸爸會先帶我去夜市，在販售錄音帶的攤子買幾張暢銷金曲合輯，帶去給媽媽。不過，通常還沒到醫院，就被我迫不及待地先拆開來，用隨身聽聽。我常常會想起自己坐在粉紅色塑膠候診椅上聽隨身聽的樣子，頭頂死氣沈沈的日光燈白光，腳下的磨石子地板，耳機裡的〈針線情〉和〈雙人枕頭〉，都像電影畫面般清晰。

〈針線情〉是我那時最喜歡的歌，常常進了媽媽的病房，我就會爬到她床上唱給她聽。我其實並不懂歌詞的意思，也只會唱「你是針，我是線」這一句，後面都咿咿呀呀亂哼，但爸爸媽媽不以為意，只要我唱，他們都特別高興。

住院的媽媽很溫柔，總是笑容滿面。跟她同房的病友是個短頭髮的阿姨，也都笑盈盈的。病友阿姨很喜歡我，會拿她做的捏麵小動物送我。

那是我第一次聽到「憂鬱症」這三個字，卻不懂它的意思。得了這個病的人會憂鬱嗎？但是住院的媽媽和隔壁床的阿姨，都讓我無法和「憂鬱」聯想在一起。

媽媽第二次住院，我以為是被我氣到離家出走。爸爸知道事情真相，卻選擇不告訴我，我學得的教訓是：如果我不忍耐、不讓媽媽，媽媽就會消失母愛是一種巨大的火焰。

——羅曼・羅蘭

媽啊

不見。為了不讓媽媽消失，我得不斷不斷忍耐，直到上了高中。

一開始是這樣的，我和幾個同學不想上課，翹課躲到通往頂樓的樓梯間閒聊打混。那是我第一次翹課，過去讀私立國中，當好學生當慣了，一下子不合規矩，心裡難免緊張。同學倒是安撫我說，沒關係，萬一被發現缺席，只要去輔導室拿假條就可以了。蛤？原來可以這樣喔？我驚呼，讚嘆公立學校的自由風氣。其實也可以順便跟輔導老師聊聊啦！同學補充。我也才發現，在場幾個同學，都有去過輔導室「聊聊」的經驗。

於是就這樣，原本只是去拿假條，卻變成輔導室的常客。我開始固定去輔導室報到，和輔導老師「聊聊」。

或許是因為年紀漸長，過去不了解的事情，逐漸浮現清晰的輪廓。在我原本渾沌的腦袋裡，媽媽的暴躁與她的病，終於產生了連結。我開始察覺，或許媽媽本來就有病，或許我根本就沒有做錯什麼。

已經不太記得和輔導老師談了什麼，只記得自己一直哭，憤怒和委屈從心底湧出，像水壩潰堤一般。我細數從小到大媽媽各種毫無道理的打罵，滔滔不絕，而輔導室宣泄的痛快一直延續到家裡，不知道哪來的勇氣，我決定不再忍耐。我擬好說詞，在心中一再演練。我要向媽媽討回公道，我要告訴她，你不該這樣對待我。

那是一次激烈的爭吵。我預備好的說詞才講到第三句，媽媽就開始尖叫嘶吼。

「你現在是要來檢討我了嗎？」

「我這麼多年做牛做馬，你怎麼這麼不知感恩？」

「我養你這種小孩做什麼？」

我知道我已經失敗，無論我怎麼說，媽媽都不願意承認她帶給我的痛苦。

「你不高興嗎？告訴你，人不能選擇父母，這就是你的命，不喜歡也得接受。」

這句話徹底擊垮了我，從那之後，我知道再也沒什麼好說的了。但對媽媽的態度，已經無法再如過去般惟命是從。

高三時，一位轉班的同學被安排坐在我旁邊。她是一位皮膚白皙、五官精緻美麗、充滿仙氣的女孩，同學都戲稱她林黛玉。她也像林黛玉一樣多愁善感，甚至太多愁善感了，常常課上到一半就忽然哭了起來。我幾乎同時有所警覺，果然耳語傳來，黛玉同學似乎有憂鬱症。

從此，我沒辦法直視黛玉同學，我不知道她哭的時候我該怎麼辦。輔導老師說，她的情緒不是我的責任，我不需要為她負責。但是我無法控制，爸爸那句「媽媽生病了，你要讓著她一點」已成了我的緊箍咒，甚至就像巴甫洛夫的狗，只要聽到「生病」這個關鍵詞，我就會不由自主的避著對方，即使對方並不是我媽。

黛玉同學，真的很抱歉，我不是故意冷眼看著你哭，我只是害怕一旦關心你，你就會變成我的責任，需要一直一直照顧。而我已經累了，沒力氣可以再照顧另一個人。即使我知道你或許只需一句安慰，但我真的太害怕了，只能逃避。

成年後，憂鬱症更成了我的罩門，有些心懷不軌的人利用這點佔了我不少便宜。有些人把憂鬱症當免死金牌，做了許多傷害別人的事，卻逃避責任。這些都讓我對這個疾病充滿複雜的情緒。每當社會上有重度憂鬱症患者自殺，社群網路一片哀悼聲中，我卻一點感覺都沒有。為此，我真的感到非常抱歉。

媽媽不想活了？

一切要從一封簡訊說起。

大四的時候，媽媽直腸癌復發了，只不過這次還擴散到肺裡。由於十二年前化療和放療的痛苦，讓她餘悸猶存，因此堅持不再做治療。

不做治療還有另一個原因，就是當時爸爸生意失敗，靠著跟親戚借錢才渡過難關。媽媽知道家裡沒錢了，不想再增加爸爸的負擔。

爸爸媽媽很少吵架，但為了媽媽是否該去做治療，兩人破天荒的吵了好一陣子。

有一天我在客廳看電視，忽然聽到主臥室傳來媽媽淒厲的叫聲。

「救命啊！救命啊！」

我以為媽媽跌倒了，還是出了什麼意外，急忙衝進房間。沒想到一推開房門就看到媽媽害怕的縮在床邊，一旁的爸爸則滿臉脹紅，一隻手停在半空中。

「你爸要打我！」媽媽一把拉我過去，擋在她和爸爸中間。

爸爸連我都沒打過，怎麼可能會打媽媽？

「你爸叫我做標靶治療，可是標靶治療要二十幾萬，要是失敗了，不就浪費錢嗎？現在家裡欠一堆債，你大學又還沒畢業，我怎麼做得下去？」媽媽像小孩子告狀一樣，抓著我拚命說，「他剛才好生氣，一直打床，我怕他會打我！」

爸爸收回手，有些頹喪的坐在床沿。

「好啦好啦，」我趕緊打圓場：「錢再賺就有啦，我也可以去打工，你

厭世女兒筆記

世界上的
一切光榮和驕傲，
都來自母親。

——高爾基

媽啊～

不用擔心啦！」

「打什麼工？給我好好念書。總之我不會去做標靶的。」媽媽堅持。

「你就這麼不想活？」爸爸急了。第一次看到他對媽媽氣急敗壞的樣子。

媽媽沒有回答。

媽媽不想活了嗎？

媽媽跟我提過她曾想自殺的往事。那是一個雨天，就讀大學的媽媽不知為何喪失了求生意志，決定去海邊跳海自殺，但就在出門前往公車站的途中，腳步一個沒踩穩，整個人滑落路旁的水溝中。

傘已經不知飛到哪裡去了，她半身浸在臭水裡，雨當頭淋下，她又濕又冷，狼狽得連尋死的念頭都忽然消失了。

「那時候覺得自己好蠢，」她說，「只想趕快回家洗澡，然後吃一碗熱騰騰的泡麵。」

激烈的尋死方式不適合媽媽，那之後她再也沒有嘗試自殺。但，她似乎還是有意識地慢慢走向死亡。

癌症復發前的整整一年，她每天躲在儲藏室裡熬夜看書，每每凌晨四、五點才睡。

有時候她會吃過期發霉的食物。

她拒絕治療癌症，任由癌細胞在她體內繁殖、擴散。

媽媽放棄傳統的西醫療法，轉而採用自然療法。在哈佛醫學院做研究的叔叔傳了一些資料給媽媽，媽媽看完，開始為自己抓藥。

媽媽是留美的化學碩士，深具實驗精神。她從叔叔給的研究報告中發現亞麻籽可以抗癌。但亞麻籽必須和油脂一起食用，人體才能吸收，因此每天早上都會聽到食物調理機轟轟轟的運轉聲，那是媽媽正在磨亞麻籽配優格。

那段時間家裡也時常瀰漫南非國寶茶的香味，「南非國寶茶可以消炎，癌症就是一種發炎反應，所以喝這個有效。」媽媽解釋，擺出她最自豪的學者架式。

但這些草藥還是不敵癌細胞，每個月的例行檢查，都只看到癌細胞持續擴散。媽媽身體越來越虛弱。爸爸的財務狀況也毫無起色，我們家從新店的高級社區搬到萬華的老公寓。

公寓樓下是一間肉羹工廠，每天肉漿的腥味隨著熱氣飄進家裡，媽媽直呼噁心想吐。

媽媽臥床的時間越來越長，我則是拚命往外跑，瘋狂參加社團活動、辦營隊，什麼都好，只要能夠離家越遠越好。

二〇〇八年陳雲林來台，民眾上街抗議，遭到馬政府暴力驅趕、拘捕。

為了抗議馬政府侵犯人權，大學生和學者、教授發起了後來稱為「野草莓運動」的社會運動。我也參與其中，順理成章的在自由廣場上流連一個多月。爸爸對此頗有微詞，但一向鼓勵我參與社團的媽媽從頭到尾都護著我。

野草莓結束後，我又接下一個營隊的總召工作，忙著看場地、規劃課程、開會等等，忙得不亦樂乎。然後，我收到了爸爸的簡訊。

「今天抱媽媽進浴室洗澡，媽媽已虛弱到無法行走，你對家裡毫無責任感嗎？」那幾乎是從來不罵我的爸爸，對我講過最重的話。

營隊結束後，我摸摸鼻子回家向爸爸道歉。那時我才把媽媽瘦成皮包骨的樣子，真正看進眼裡。

「那我休學在家照顧媽媽吧！」我主動提出。爸爸、媽媽似乎也不反對，還認為女兒終於長大了。

因營隊認識的長輩介紹了自然療法的專家給我。聽說某某人原本癌末，靠著專家提供的方法治好了，現在身上一粒癌細胞都沒有。

我請來專家到家裡看媽媽。專家一進門就說：「你們的環境太差了，肉腥味這麼重，病人怎麼養病？」她開了幾個菜單給我，有紅棗小米粥和紅棗煮白木耳，又給我幾本養生食譜，要我熟讀。

臨走前，專家說：「你媽太晚找我了，但你要有信心，還是有希望的。」

專家還說，那個治好病的某某人，聽了她的話搬去三芝養病。每天用絲瓜布乾刷身體、曬太陽、吃有機食物，半年之後不藥而癒。

我上網查了三芝的房子，跟媽媽說，我帶你去鄉下養病啊！

媽媽微微笑，沒說什麼。我知道她太虛弱，根本沒辦法搬家。

那段日子，我每天九點左右起床，騎腳踏車去有機商店買有機蔬菜，然後回家煮中餐給媽媽吃。除了紅棗小米粥和紅棗煮白木耳外，看書上寫甜菜根也可以防癌，便順手買了不少甜菜根回來料理。

甜菜根有土味，必須先用加了薑的水燙過。在那之前我很少下廚，笨手笨腳，光是處理甜菜根就花了半個多小時。好不容易去完土味，再加番茄、高麗菜等，等到煮成湯，往往已經過了兩個小時。

可惜用心烹調的料理還是敵不過滿屋子的肉腥味，媽媽總是嘗一兩口就沒食欲。看著她剩下的食物，我煮飯的熱忱大受打擊，但還是不斷翻閱養生食譜，試圖找出媽媽可能吃的料理。

前前後後我煮了甜菜根湯、甜菜根燉飯、燙甜菜根配蘸醬、醃甜菜根，簡直成了甜菜根專家。可憐的媽媽，為了不傷我的心，勉強吃著這些不太好吃的東西。

「要不是看在你做的分上，我一口也吃不下。」有次媽媽對我說。但我總覺得是她對我的否定，滿冰箱的剩菜讓我挫折至極。有時候早上睜開眼，瞪著天花板，想著今天又可能是徒勞無功的一天。

但，我還是會壓抑著情緒，起床、出門買菜、回家做菜，直到她一口都吃不下……

爸爸到底最愛誰？

如果有人問爸爸，太太和女兒同時掉到水裡，他會選擇先救誰，我想他的回答極可能是太太。而換成問他的母親和太太掉到水裡要先救誰，他的回答肯定是母親。

爸爸心中的排序一向都很明確，母親優先，再來是太太，最後才是女兒。以前我總以為這個順序是可以改變的，媽媽似乎也這麼覺得，我們爭著成為爸爸心中的第一順位。

爸爸的確很疼我，據說我還是個小嬰兒時，常常睡在他的胸膛上；長大一點，他則是每天哄我睡覺，唱歌給我聽，雖然就只一千零一首的〈紫竹調〉，

我之所有，
我之所能，
都歸功於
我天使般的母親。

——林肯

媽啊—

他每天唱，我想聽故事，他就把〈紫竹調〉改編成床邊故事，說從前從前，有個人砍了竹子給寶寶做管簫。我問，管簫是什麼呢？爸爸說，管簫是一種樂器，吹起來會發出咿底咿底的聲音⋯⋯

我從小就有氣喘，發病起來常常徘徊在生死邊緣。一旦爸爸察覺我喘不過氣，便把我一肩扛起，跑去醫院掛急診。我趴在爸爸肩頭喘氣，他輕輕唱起〈紫竹調〉安撫我。每每只要他一唱，我就知道自己是安全的，無論發生什麼事，都有爸爸在。

小時候家裡有一張虎皮花紋的毯子，是媽媽結婚時從屏東老家帶出來的。我很喜歡那張毯子的觸感，天氣冷的時候會躺在上面睡覺。我和媽媽平時各睡各的房間，她不知道我擁有了那張毯子。有一天，她心血來潮到我房裡要和我一起睡午覺，於是看到那張毯子。「那是你外公給我當嫁妝的。」她說著要把毯子拿回去。我不依，大哭大鬧，爸爸見狀，說：「那是你媽媽的東西，你就還給她，我再給你買新的。」後來有沒有買新的我已經不記得了，但那之後，我就確定爸爸雖然疼我，但更愛媽媽。

我始終不能理解為何爸爸這麼愛媽媽。在我眼裡，爸爸又高又帥，鼻子挺，眉毛濃，相較之下媽媽相貌平凡，大鼻闊嘴，好在有雙大眼睛，勉強稱得上有點知性美。爸爸是娃娃臉，媽媽比爸爸大兩歲，而且長年眉頭深鎖，法令紋又深，看起來更顯老。兩人步入中年後，有時一起去逛街，店員還會對媽媽說：「你兒子真孝順，帶你出來買東西。」媽媽回家總要怨嘆一番。

爸爸、媽媽是彼此的初戀，大學跨校聯誼認識的。爸爸讀交大，媽媽讀靜宜，他們去澄清湖划船，抽籤抽到同一船。划船的時間很長，兩人也就聊了很多。爸爸說，那時覺得媽媽真是他見過最聰明的女孩子。媽媽說，那時爸爸滿臉青春痘，但不知為何一點也不讓人反感。聯誼結束，爸爸問到媽媽的宿舍地址，一天一張卡片寄給她，每張卡片上都畫著一根蠟燭。媽媽二十一歲生日時正好收到二十一張卡片，兩人便開始交往。

那時候姐弟戀並不常見，爸爸卻沒有因此卻步。媽媽老家在屏東，爸爸當兵時就申請去屏東服役。爸爸是外省人，一句台語都不會，但每逢放假一定去拜訪外婆，順便兼做小阿姨的家教。媽媽的哥哥、弟弟和妹妹都認識他了，尤其媽媽的小妹，也就是我小阿姨，特別喜歡他，人前人後「姐夫、姐夫」的叫得很親。

不過這時候的媽媽在台北工作，兩人常常見不到面，只能靠電話聯絡。爸爸後來很喜歡拿這段經歷說嘴，說他把所有錢都拿來打電話給媽媽，窮到沒錢吃飯，只能吃奶奶寄給他的川貝枇杷膏果腹。

媽媽的家人對她這位男朋友讚不絕口，倒是爸爸那邊的家人可沒那麼好打發了。當時奶奶住台中，爺爺一人在台北工作。媽媽放假得去給爺爺煮飯、打掃，有時爺爺帶人回家打麻將，她便連這些牌友的伙食也得張羅。於是等不到爸爸退伍，媽媽便萌生分手的念頭，急得爸爸在電話那頭趕緊求婚。

爺爺也知道了這件事，很不高興。「什麼女人不好娶，娶一個要跟你分手的？」爺爺從此對媽媽沒好印象。

爸爸到底看上媽媽哪一點，心有疑惑的可不只有我，連媽媽自己的伴娘都這麼想。伴娘是媽媽的國中同學，頗有姿色，跟媽媽比起來算是漂亮的，當初一認識爸爸便頻頻獻殷勤，倒是媽媽不知道是太天真還是社會化不足，居然一點警覺都沒有，甚至還邀這位可能的小三當伴娘，結果當天，伴娘遲到好幾個小時，婚禮差點開天窗。

「那個女的就是嫉妒我，覺得自己條件比我好，憑什麼你爸爸選擇跟我結婚。」事隔二十幾年，媽媽才忽然咬牙切齒的想到這件事。

婚禮終究順利辦完了，但對媽媽來說，婚後才真是痛苦的開端。她萬萬沒想到，爺爺、奶奶居然跟著她和爸爸一起去度蜜月。「你二叔叔去夏威夷度蜜月，你三叔叔去帛琉，都是你爺爺出的錢。我和你爸爸當年只去墾丁，你爺爺、奶奶還要跟著我們，住了兩個晚上自討沒趣才走！他們就是這樣欺負人！」蜜月的事情媽媽抱怨不下百次，事實上，往後的日子，這類欺負人的事情只有更多。

至於爸爸，始終默不吭聲。他愛太太，但更愛媽媽。

奶奶車禍過世期間，爸爸瞬間老了十幾歲。他中年之後原本有些發福，卻因為喪親的打擊，一下子瘦了一圈，褲子都鬆垮垮的，到了夏天，卡其短褲露出的兩條腿像竹竿一樣，我看了都不忍心。

那幾年我家也真是災厄不斷。爸爸生意失敗，奶奶過世，不久又發現媽媽癌症復發。我們已負擔不起新店的房租，只好搬去萬華，承租小阿姨的老公寓。接著，有天早上爸爸笑嘻嘻的說他把車賣了，以後可以陪我搭一段公車。爸爸曾經意氣風發地開車載我到處吃喝玩樂，也不過是一兩年前的事，現在卻要跟我一起擠公車，而且還安慰我這樣一來節能減碳也很好。

爸爸有錢的時候一向出手大方，對媽媽更是如此。媽媽剛診斷罹癌時，因為身體虛弱出門不方便，想在家裡找點事做。那時她迷上手工卡片，爸爸便去誠品買了進口的印章、金粉、印泥、燙金用具，前前後後花了好幾萬塊。後來媽媽膩了，換成喜歡串珠，爸爸就去後車站買日本進口的水鑽、珠子，又是幾萬塊幾萬塊的花。面對媽媽，爸爸幾乎是有求必應，簡直當女兒來疼。

不過媽媽的興趣總是一陣一陣的，有時連我都看不下去，不到一年，幾萬塊的進口印章被放在角落蒙塵。

媽媽花爸爸的錢毫不手軟，但我一提及想學日文、電腦繪圖，媽媽立刻劈里啪啦意見一堆，說我三分鐘熱度，給我付學費就像把錢丟到水裡。「你

媽啊——

厭世女兒筆記

慈母的懷抱是
慈愛構成的，
孩子睡在裡面
怎能不甜？

——雨果

還不是一樣，現在也沒看你做卡片。」我反駁。「那不一樣。」媽媽雙手一攤，對我的抗議完全不加理會。

確實不一樣，媽媽始終覺得爸爸虧欠她，她拿得心安理得。

媽媽凌晨三點過世，我和爸爸手忙腳亂處理完後事，回到家已是下午。我累壞了，倒頭就睡，半夜才醒來。下了床去找東西吃，看到主臥室燈亮著。我探了頭進去。

爸爸把他和媽媽交往時寫的信全翻了出來，攤在床上。

「以前我都叫你媽媽丫頭。」爸爸說。

「我知道，很噁心。」我故作輕鬆。

「你媽媽喜歡她的國中同學，一個姓X的。那人現在住高雄，有空你可以去看看他。」

我怔住了，原來爸爸一直都知道媽媽心裡有別人。

既然如此，你們為什麼還在一起這麼久啊？我心想著，沒有說出口。

我也一直以為媽媽死了，爸爸一定會再婚，因為不只一次聽到媽媽吵著爸爸有外遇的事情。

國中時，有天晚上我被他們吵架的聲音鬧醒，躡手躡腳走到爸媽房門外，立刻傳來媽媽不斷的質問：「那女的是誰？那女的是誰？」但我忘了爸爸是怎麼回答的，只記得聲音很微小，很怯懦，連我都聽得出心虛。

上了大學，媽媽會跟我分享一些「大人的話題」。她曾經告訴我她對性事興趣缺缺，而爸爸雖然欲望很強但早洩，床上的不協調一直讓她很困擾。後來媽媽還說，爸爸突然自己會購買一些特色內褲，而且變得比以往持久，「還有，他生日的時候我主動問他要不要，他居然說沒關係。我把這些跡象告訴XX阿姨，XX阿姨說，那肯定是有外遇了沒錯啦！」記得媽媽講這些話，臉上表情異常複雜、扭曲，似乎是痛苦，卻又像鬆了一口氣的感覺。

我故作鎮定，心中可是驚濤駭浪。太多細節讓我尷尬不已，為人子女通常都會避免想像父母的性生活，媽媽卻描繪得巨細靡遺。那些我和閨密分享秘密才會使用的詞彙，從自己媽媽嘴裡說出來，真是極其魔幻的一刻。

我一方面同情媽媽，但知道爸爸有外遇，卻又不由自主地感到有點欣慰。媽媽條件平庸，脾氣又差，爸爸被折磨了這麼多年，如果真有個能讓他快樂的小三，也不失為美事一樁。

事實上，我更有種勝利的快感，好像終於證明了爸爸並沒有那麼愛媽媽。媽媽過世後，外婆請我轉告爸爸，要他不必顧慮媽媽家人的想法，若有合適的對象，儘管去追求。我毫無負擔地答應外婆，心想，爸爸自由了，爸爸這下一定會再婚的。爸爸沒有再婚，不但沒有再婚，還在媽媽過世半年後燒炭自殺，隨她而去。

爸爸疼我，但是他更愛媽媽。

媽媽在乎我要什麼嗎？

小時候只要感冒發燒，奶奶就會煮雞湯麵線給我吃。奶奶用的不是新鮮熬煮的雞湯，而是罐頭高湯，也沒什麼配料，只加一點冷凍青豆。奇怪的是，因為生病而什麼都吃不下的時候，唯獨這種雞湯麵線可以挑起食欲。也許因為重口味的罐頭高湯會讓人有種吃垃圾食物的滿足感，所以就算沒生病，偶爾也會央著奶奶煮給我吃。長大後自己下廚，常常花時間熬豬骨、雞肉做成高湯備用，回想小時候居然這麼喜歡罐頭高湯麵線，不禁覺得不可思議。

奶奶出身中國北方的大戶人家，父親是軍醫院院長，官拜少將。國民黨戰敗，奶奶隨父親帶著整個軍醫院一起撤退來台。「我們是搭大輪船來的！」

奶奶講起這段往事總是藏不住得意，「我們那艘船載著全醫院的軍醫、護士、家眷，還有器材設備呢！」到了台灣，醫院安置在台中，奶奶一家人也在台中眷村定居下來。家裡還配有勤務兵協助打理家務，日子算是過得不錯。

奶奶是大家閨秀，自己也常笑稱婚前是嬌滴滴的大小姐，雖然經過戰亂，婚前可沒做過什麼家事，一直到和爺爺結婚才開始學著下廚，因此料理大都是自己摸索、研發出來的。不過，奶奶可能天生有這方面的才能，各式「私房」料理總能擄獲全家人的胃。我到高中才知道韭菜盒子其實只有巴掌大，而且是半圓形的，而奶奶做的就像一塊大圓餅，大概都有六吋那麼大。她也研發出各種口味的水餃，那滋味在她過世多年後，依然讓家人念念不忘。

記得奶奶的告別式結束後，我和兩個堂弟從冰箱裡挖出一包不知冷凍了幾年的素餃子，三個人又哭又笑，無比珍惜地分食著。

奶奶的粽子是自創的變形湖州粽，形狀是三角立方體，餡料只有一塊肉和幾顆花生，雖然簡單，但用紹興酒和醬油醃過的五花肉鹹香美味，糯米口感Q彈。不過，媽媽總碎念：「你奶奶的粽子都亂包。你外婆包的粽子才好吃，下次回屏東叫她包給你吃。」外婆的粽子是經典的南部粽，餡料豐盛，確實好吃。只不過我一年頂多跟媽媽回屏東娘家一兩次，外婆的粽子也沒機會多吃，跟外婆更是說不上什麼話。

媽媽看不慣奶奶做菜的方式，豈止粽子一例。她嫌奶奶做菜太油、太鹹、太乏味，嫌食材放在冰箱不知道冰了幾百年。奶奶什麼菜受歡迎，她就想花力氣較勁一番。就拿雞湯麵來說，她認為罐頭高湯鈉含量太高，不健康，對奶奶罐頭配麵線的懶人料理法尤其嗤之以鼻。大概小學三年級的時候，有一次我實在太想吃雞湯麵了，就拜託媽媽煮給我吃。只見媽媽躊躇滿志地進廚房，不僅用新鮮雞肉煮湯，還加了新鮮蔬菜和豬肉片，煮成一碗澎湃的什錦麵。她一邊催促我吃，一邊不停自誇這碗麵煮得有多好、料有多豐盛、營養價值有多高、我有這樣的媽媽有多幸運……雖然當時年紀尚小，卻仍從這碗麵中體悟了一個模模糊糊的事實——媽媽對我很好，但不在乎我想要什麼。

媽媽煮菜總是不計成本的加料，除了雞湯麵變什錦麵，綠豆湯也會變八寶粥，蛋炒飯最後成了總匯炊飯……這種為所欲為的給予，也反映在她的人際關係上。

媽媽總說，她當初看上爸爸的，不只是他這個人，其實還有他的家庭。媽媽家並不貧窮，外公是接骨師，也配些中藥賣錢，雖不是大富大貴，但餐桌上總有魚有肉，而且六個小孩不分男女，只要肯念書，都一路念到大學。

外公稱不上疼愛小孩，充其量只是一個傳統負責的父親。除此之外，外公打老婆、打小孩、偷老婆的錢上酒店等惡習樣樣都來，甚至還會帶酒店小姐回家，外婆不滿總要哭鬧一番，外公則二話不說迎面一頓暴打，連前來勸架的媽媽都遭池魚之殃。

媽媽當然對外公毫無好感，對外婆，她又常常感覺無言。外婆國小沒畢業，大字不識幾個，媽媽則是文藝少女，從小就愛讀書；外婆生養六個小孩，每天為家事操勞，媽媽則見聞廣博，喜歡分享。對於媽媽這個女兒，外婆不是不懂，就是沒時間懂；媽媽對這個母親，無法溝通，也溝通不良。

所以當媽媽第一次踏入爸爸家，看見滿室的藏書，看見書桌上剛洗淨、還滴著水的毛筆，看見恩愛的爺爺、奶奶，看見爺爺和爸爸父子間可以談論政治、歷史，簡直像在做夢，而夢就要成真了。在媽媽眼中，爺爺、奶奶是「有教養的外省人」，說話溫柔和煦，思想開明。他們把孩子當朋友，不會大聲責罵或打罰。這就是她理想的家庭，她嚮往了大半青春的和樂、知性、優雅

媽啊一

在母親的
心靈最深處
你總會
得到寬恕。

——巴爾扎克

的家庭，如今近在咫尺，無論如何都想成為其中的一分子。

媽媽萬萬沒想到，這份執念會把自己推入無底深淵。

外公知道爸爸家境不錯，堅持找媒人婆，要賺爸爸家的媒人錢。媽媽又羞又怒，和外公大吵一架，卻被賞了耳光。「沒給什麼嫁妝就算了，還打我，這算什麼爸爸！」從此，媽媽恨透了外公，對父親的那份孺慕完全轉移到爺爺身上，極盡討好之能事。她不知道的是，爺爺其實壓根有著強烈的種族優越感。

爺爺是中國人，媽媽是台灣人，在爺爺眼裡，台灣人比不上中國人。媽媽和爸爸訂婚時，屏東家裡訂了台式的芝麻蛋黃大餅，送到爸爸家裡。爺爺見了，只說了一句：「這是台灣人吃的，我們不吃這種東西。」就把餅退回去了。

這一退，媽媽也才恍然大悟，自己在這個家永遠都只是個媳婦，絕不可能被當女兒看待。反倒是我兩個外省第二代的嬸嬸，從踏進這個家門的那一刻起，儼然就是公公婆婆的另一個女兒。

但媽媽還是很努力，扮演起電視八點檔裡那個最卑微最可憐孝順的媳婦，甚至曾經為了家事操勞而流產。爸爸、媽媽婚前，爺爺親口答應給他們的房子，婚後不知怎麼的，變成爸爸和叔叔兄弟三人平分。

爺爺曾經跟我說：「你媽不是笨，是太老實。」我已經忘記他是在什麼脈絡下講這話，但我想，他是一直都知道媽媽對他好，只是人畢竟有限，喜好這種東西就是勉強不來。

記得媽媽曾理直氣壯地跟我說：「人不能選擇父母，這就是你的命，不喜歡也得接受。」我後來想通了，原來這句話，她也是在對自己說。

爺爺在我國一時因罹患肝癌，不到一年就過世了。這之前，全家族為了把握最後相聚，有一次到王品牛排聚餐。當年的王品牛排可以無限續點附餐，不另外收費，而爺爺就當著所有人的面，對媽媽說：「ＸＸ，你就別點主菜了，我們續點附餐給你吃就好。」剎那間空氣凝結，媽媽的臉脹紅，其他人不是低著頭就是望著窗外，沒人敢說話。爸爸趕緊打圓場說：「沒關係我不餓，我不點主菜。」奶奶也接著說：「唉呀，省那點錢幹什麼，都點吧！都點吧！」此事才告落幕。

爺爺告別式上，媽媽哭得比誰都傷心。

但無論爺爺和媽媽的關係如何，他都很疼愛我。爺爺喜歡親手幫我做玩具，我小時候愛看《大魔域》，他就用紙黏土捏了裡面的角色給我。我會寫字之後，他陪我玩辦雜誌的遊戲，教我打字、印文章出來裝訂成冊，分送給家人。爺爺是老菸槍，家裡有間房是他的吸菸室。我喜歡陪他抽菸，看他吞雲吐霧，聽他隨性講些中國歷史小故事。有時我們一起去散步、餵魚，他也胡亂教我背些唐詩宋詞，「大江東去浪淘盡」、「小樓昨夜又東風」，也因為這點基礎，讓我在國中的國文課上佔了不少便宜。

爺爺死時，我毫無感覺，恍恍惚惚只覺得像一場夢。全家人都在哭，我卻一滴淚都沒有。直到五年後，我在老家櫃子裡找到一疊泛黃的信紙，發現那是我四歲時，爺爺、奶奶去波士頓看剛出生的堂弟時寫回來的信。內容大概是一些去哪些景點玩，美國好冷又好乾，小堂弟有多可愛等等流水帳，而爺爺字裡行間每每夾著的一句又一句「我們很想念你」，此刻彷彿是他從彼岸捎來的訊息……瞬間，我終於意識到五年來一直拒絕承認的事實，我接收到他的思念，卻也真真切切知道爺爺死了，隨即眼淚鼻涕嘩然潰堤。

我懷著甜蜜又悲傷的心情和媽媽分享這些信，她微笑不語，我一時沒察覺她的冷淡，仍喜孜孜的說：「爺爺真疼我啊！」冷不防她回了我一句：「你知道什麼？還不是我幫你代筆寫信給他們，你爺爺才會寫給你。不然，你爺爺看到金孫出生，高興都來不及了，哪還會記得你？」說完，我們都沉默了。我從此不再提起這些信。

為什麼她總要想盡辦法傷害我，連爺爺的疼愛也被踐踏得一文不值。媽媽說爺爺、奶奶給兩個堂弟一人一萬美金，作為大學基金，而我一毛錢都沒有。「你看你爺爺、奶奶對孫子多好，他們就是重男輕女啦！」媽媽總要抱怨。但那不是真的，爺爺、奶奶給我的愛，遠遠超過一萬美金的價值。小時候爸爸、媽媽出國度假，我就住在爺爺、奶奶家，在他們的床邊打地鋪。晚上奶奶總會把手垂下來，讓我握著，然後唱「走走走走走，我們小手拉小手」哄我睡覺。奶奶養了一隻兇巴巴的貓，我怕貓怕得要死，爺爺幫我設計了一個「抗貓」的標誌，用當時十分稀有的家用印表機印出來，剪下來貼在我身上。「這樣就不用怕貓咪咪了。」爺爺笑著說。

我從不希罕那一萬美金，可是媽媽始終念茲在茲。她在意的並非錢，而是那種「別人有、我沒有」的比較心理。爺爺、奶奶什麼都不給她，至少該給她女兒一點什麼，讓她也可以雨露均霑。錢是最具體、實際的，愛是虛幻的。我受到的疼愛擴及不到她，只會讓她在這個家裡更感到孤獨。

「你奶奶很善良，都是被你爺爺帶壞。」爺爺過世幾年後，媽媽開始數落爺爺的不是。或許終於意識到無論如何在心中美化、合理爺爺的行為，都不可能得到「爺爺愛她」的結局。

媽媽心中的怨恨一股腦兒傾瀉出來，她說，爺爺很勢利。二嬸嬸最得爺爺寵，因為她娘家有錢。二嬸的祖母是某私校董事長，爺爺一直期盼二嬸能繼承學校，讓二叔當個校長。後來發現二嬸沒有繼承權，就背地裡拚命嫌棄她，說她只顧著工作不顧小孩，家裡一團亂，不做晚餐光叫外送披薩給小孩

我的生命是從
睜開眼睛、
愛上母親臉孔
開始的。

——艾略特

吃。媽媽平常自詡進步的知識分子，這時候卻也不會為二嬸說話，反而幸災樂禍一個勁附和。她大概覺得二嬸一旦失寵，爺爺、奶奶會回過頭來多喜歡她一點，她沒想到後面還有個三嬸嬸。

媽媽被診斷罹患直腸癌的時候我年紀尚小，爸爸要工作也無法照顧她，我們一家人只好搬去和爺爺奶奶同住。媽媽說，才剛踏進門，三嬸馬上趕到，一進門就大喊：「媽，您辛苦了呀！累不累呀？」媽媽氣死了，關在房間裡不出來。想到這一段，媽媽恨恨地說：「平常也沒看到她來，現在倒是來得勤，一來就呼天喊地，當我是死人嗎！」當時，我不懂得這些婆媳妯娌的紛爭，現在覺得媽媽確實委屈了。

媽媽委屈的也不只這件事。她養病一年多，身體漸漸強健起來了，我們又搬回自己家。爺爺過世，媽媽三不五時就會去探望奶奶，陪她聊聊天，幫她做做家事，但奶奶很少留她吃飯。有一次，媽媽午餐時間去了奶奶家，發現三叔叔、三嬸嬸都在。她往廚房一探，看到奶奶剛蒸好三隻螃蟹，三個人正準備要吃呢。「我就不走，看他們怎麼辦！」媽媽跟我說起這段，顯然還一肚子怨氣，「我每個禮拜都抽空去看你奶奶，她從來不留我吃飯。你三叔三嬸去，就吃螃蟹！」

「你不走，不尷尬嗎？」我問。

「哼，尷尬就尷尬。你奶奶後來說她不吃，讓給我吃，我就坐在那裡吃完了才走。」媽媽說什麼都要爭那一口氣。

直到奶奶也過世，死亡終結了媽媽企圖平反自己委屈的種種徒勞。她再也不用愛那些不愛她的人，也不用期待對方有一天會愛她。

愛是勉強不來的，我想媽媽最後應該明白了這個道理。

媽媽不是故意的？

這幾年大小病痛不斷。我算是滿注重健康的人了，至少持續保持運動習慣。每週固定重訓兩次，還會外加一到兩天的有氧運動，但就算如此，身體仍然常感不適，尤其胃痛的困擾，最近更是越來越嚴重。

通常從脹氣開始，先是感覺胃鼓鼓的，整個腹部像氣球一樣，接著開始痙攣，像抽筋一樣，一陣陣劇烈的刺痛。原本吃胃藥還能壓下去，後來什麼藥都沒用，一痛就是一兩天。看了無數腸胃科醫生，照了好幾次胃鏡，也查不出原因。

每次胃痛前都沒什麼徵兆，忽然，吃麵會痛，吃油炸物會痛，或者喝咖啡、綠茶會痛，完全無跡可尋。查不出原因也無藥可醫，簡直把我整死了。

除了胃痛之外，就是各種皮膚毛病。已經老大不小了，卻還是不斷長青春痘。有時一次就長滿半邊臉，熱熱腫腫的非常不舒服。嚴重的話，不僅臉上，全身上下也到處都長，不堪其擾。

我的皮膚一向脆弱，容易過敏，被某些蚊子叮咬之後，就會腫成十元硬幣大小的深紅色硬塊，且起小水泡。小水泡又會變成一個直徑約零點五公分的傷口，接著潰爛，變成一個凹洞。這時若不趕快去皮膚科清創，凹洞就會不斷加深。有一次，我量了凹洞的深度，竟然有三、四公釐那麼深！不得懷疑，萬一不處理，搞不好會侵蝕到骨頭。

蕁麻疹、濕疹等也不陌生，只要天氣稍有變化，或是工作壓力大，馬上就一身疹子。另外腰痠背痛、呼吸系統問題等，林林總總的小病小痛，還可以講上好幾天。但每次一抱怨，眼前就浮現媽媽的病容，讓我又趕緊閉上嘴。

小學五年級的時候，媽媽罹患直腸癌。

有天早上，醒來已經早過了搭校車的時間。正緊張著上學要遲到，卻發現媽媽也不見了。那個時候爸爸在中國做生意，大都待在北京，一個月只回家一兩週。眼前一個人在家，茫然不知所措，忽然接到小嬸嬸來的電話。

「你媽肚子痛，剛剛小叔叔帶她去急診了。我等等來接你去醫院。」小嬸嬸說。

我當下還意會不過來這些話代表的意思，也不知道緊張。我背著書包在巷口等小嬸嬸，書包裡裝著當天上學要用的課本，顯然覺得只是去醫院看一下媽媽，之後就要去上學了。對於癌症是什麼樣的疾病，會對我們家的生活造成什麼樣的影響，一點概念也沒有。

坐在急診室，陪媽媽等進開刀房。小嬸嬸拿了報紙來，我還大模大樣地說：「我要看副刊。」媽媽事後還到處跟親友說，說我臨危不亂，有大將之風。

殊不知我根本是不知道事情的嚴重性。

媽媽的直腸長了腫瘤，腫瘤撐破腸道，造成劇痛。媽媽是因為腹痛急診才發現癌症的，且已經是第三期了，若再拖晚一點，可能我國小五年級就喪母了。

手術切掉了媽媽的整段直腸，而為了防止癌細胞擴散，醫生還把肛門也摘除了。沒有肛門的媽媽，必須使用人造廔口排便。所謂的人造廔口就是在肚子上開一個洞，外接一個袋子，讓糞便通過開口直接排入袋子中。

造口不像肛門可以自主控制排便的時機，只要身體產生糞便，就會直接排出。如果無法及時更換糞袋，就必須帶著一袋大便在身上。雖然我從來沒有就近聞到糞便的味道，但媽媽總是疑神疑鬼，覺得自己有臭味。媽媽是有潔癖的人，洗完澡還會用高級乳液搽抹全身，身上總帶著清香。失去肛門這件事重重打擊了媽媽，擾亂了她的生活，從此之後，變得很不愛出門。

媽媽雖然不是運動愛好者，卻很喜歡戶外活動。大概我三、四歲的時候，媽媽辭掉了編輯工作，專心在家帶我。當時我們一家住在象山山腳下，我開始可以穩穩走路了，媽媽幾乎每週都帶我去爬山。二十幾年前的象山不如現在遊客眾多，還有不少野生動物，尤其是蛇。小孩有著無限精力，每每我總是自己先往前衝一段，回頭等媽媽慢慢跟上。有一次，我正同樣自己一個人在步道上蹦蹦跳跳，看見有位中年阿伯迎面走來。阿伯對我微微一笑，並比出一個「暫停」的手勢。我停下腳步，不明所以。這時後面趕到的媽媽輕輕「啊」一聲叫出來。

只見一條青竹絲緩緩橫跨步道，若不是阿伯阻止，我很有可能就一腳踩到牠。我當場嚇得哭了出來，不敢繼續向前，媽媽只得把我一路抱下山。回到家，媽媽激動地打電話給親朋好友報告這個奇遇。「那個阿伯是你的 angel（天使）啊！」媽媽這樣跟我說，我也是在那天學會了 angel 這個詞。

除此之外，媽媽也會做好馬鈴薯雞蛋沙拉，用粉紅色塑膠盒裝起來，開車帶我到大屯山野餐。媽媽的車是一輛破舊的銀色喜美，我到現在都還記得車裡的氣味，那是灰塵混合舊布料的味道；車座椅罩著黑白相間的拼布套子，上面有小狗圖案。

媽媽不用上班，所以我們可以平日出遊，避開人潮。大屯山上，整條木棧道只有我們母女兩人。走走看看，累了就坐在路邊吃雞蛋沙拉，享受安靜的風景。有時起了大霧，一片白茫茫，彷彿置身仙境。

媽媽也喜歡為我精心打扮，她喜歡把我打扮成小公主的樣子——穿著小洋裝，綁著公主頭，夾上一個亮晶晶的水鑽髮夾，然後帶我出去玩，幫我拍照。媽媽很熱中拍照，用的是單眼底片機，每次出遊，總要拍上好幾十張，相片洗出來，就會一張一張放入相簿，並寫上拍攝當日的小記。

那時候的媽媽勇敢又大膽又熱情。她會和路人搭訕，或在山路上讓陌生

媽媽，
您是母親、
知己和朋友的
完美結合！

——泰戈爾

嗎啊——

人搭便車。我們回屏東的時候，她曾用外婆家的老野狼載我和表哥去看電影，回想起來還真是不可思議，爸爸搞不好都還不會騎打檔車呢！

媽媽還會騎腳踏車載我去圖書館借書。路過巷口的南美朱槿，媽媽就會停下，摘下一朵鮮紅的花給我，讓我吸食花蕊上的花蜜。媽媽常說，她小時候隔壁住著一位讀屏東農專的大哥哥，媽媽跟著他，學會了許多花草樹木的名稱。媽媽一邊騎腳踏車載著我穿梭在台北市的大街小巷，也一邊指著路樹告訴我，這棵是台灣欒樹，這棵是細葉欖仁，這棵是菩提樹……

記得爸爸在外商公司擔任中階主管時，因為公司福利好，常常招待考績優良的員工出國旅遊作為獎勵，爸爸一向表現優異，自然三不五時就有出國度假的機會，而媽媽總是跟著去，把我寄放在爺爺、奶奶家。

爸媽留下的不少旅遊照片中，媽媽頂著一頭大波浪鬈髮，笑容燦爛。

旅遊地點大都是海島型的度假勝地，例如峇里島、關島、夏威夷等。那幾次旅遊應該是媽媽數一數二的快樂回憶，「我們在夏威夷的時候還去看了活火山！」她念念不忘。

外商公司旅遊循著美國活動傳統會有晚宴，有時是正式服裝的宴會，有時則是化裝舞會。媽媽的相簿中有幾張她和爸爸打扮成海盜的照片，兩人穿著紅白相間條紋的短褲，綁著紅色頭巾，戴著眼罩，在一群金髮碧眼的外國人裡，依然顯得從容自在。

我小學學校的一次化裝舞會，媽媽便從衣櫃中翻出這套海盜裝，又用鋁箔紙和硬紙板做了一把彎刀，還拿眉筆幫我畫鬍碴。我這一身海盜打扮，果然引起大家的讚嘆，都說媽媽好手藝，只有我始終悶悶不樂。我不想扮海盜，尤其不想扮男生，我想要當公主。但我沒有說。

無論參加爸爸的公司旅遊出遊，或是我們的家庭旅遊，媽媽只要有機會，也一定會下水游泳。如果是熱帶島嶼，媽媽甚至會浮潛，這就是為什麼她對夏威夷的恐龍灣一直念念不忘。她把當年的浮潛用具小心翼翼保存在衣櫃裡，等到我小學五年級要跟同學去澎湖玩，從櫃子裡拿出來，發現橡膠蛙鏡都已經脆化了。

肚子開了人造瘻口後，媽媽開始排斥任何水上活動，儘管還是可以游泳，但顯然已經意興闌珊。手術不久，她在一個雨天摔斷了腿，打完石膏回到家，躲進浴室裡老半天不出來。爸爸前去關心，聽見媽媽在裡面崩潰大哭。「我都已經不能游泳了，為什麼老天還要這樣對我！」

斷掉的腿可以痊癒，但媽媽的意志卻再也無法恢復。

過了一陣子，媽媽又有了腸沾黏的問題，發作起來劇痛無比，有時得送急診。我們全家最後一次出國旅遊，就是結束在媽媽腸沾黏發作下。那是五天四夜的旅行，來到第四天，媽媽開始喊腹痛，不願意出門，只想待在旅館睡覺。而我總覺得她是故意的，她就是不想讓我和爸爸開心。

媽媽常在旅行途中鬧脾氣，不知為何，她似乎很樂於破壞氣氛。好像自己不開心，別人也不准開心。我永遠記得我十歲生日那天，爸爸媽媽帶我去遊樂場慶生。那是好幾個月前就約定好了，我期待了好久好久，媽媽卻偏偏就在那天和我冷戰。原因已經不可考，不過我因此有了深切的體悟，那就是待在媽媽身邊片刻不能掉以輕心，否則一個不小心她就會潑你一頭冷水，讓你的期待落空。我必須好好保護自己的快樂。

我為了治療胃痛，接連看了西醫，也看了中醫，到頭來一點用也沒有。沒辦法，只好嘗試非科學的能量療癒。治療師告訴我，我的身體狀況和情緒的連結緊密，一些過往的鬱抑，造成了腸胃方面的問題；而過度在意他人對自己的看法，則反映在皮膚的狀況上。

我想到媽媽得了癌症，拿掉肛門，肚子上開了一個洞……

如果那些病症也都是源於情緒，那她究竟活在多大痛苦之中呢？

在我反覆經歷胃痛的折磨之後，慢慢可以體會媽媽腸沾黏的痛苦。我也好幾次臨出門旅遊，莫名其妙突然就生病了。媽媽也不會是故意的吧。

為何從不那樣稱讚我？

小學一年級的第一次隨堂考試，我考了七十分。由於之前就讀公立幼稚園，當時禁止教授注音，而小學老師卻考了注音聽寫。十題注音符號，一題十分，我憑著生活中的朦朧印象，居然也猜對了七題。爸爸媽媽看到成績，簡直嚇死了，尤其媽媽更是哭天喊地，馬上打電話向親友求助。

其實那次測驗只是老師用來評估學生的程度，注音符號還是從頭教起。之後，我的考試成績從來沒低於九十分。

我常開玩笑說自己是所謂的「學霸」，從小就名列前茅。考取台大法律系的時候，成績還是全國第一類組的前百名。那大概是媽媽首次打從心底對

家庭是
父親的王國，
母親的世界，
兒童的樂園。

——愛默生

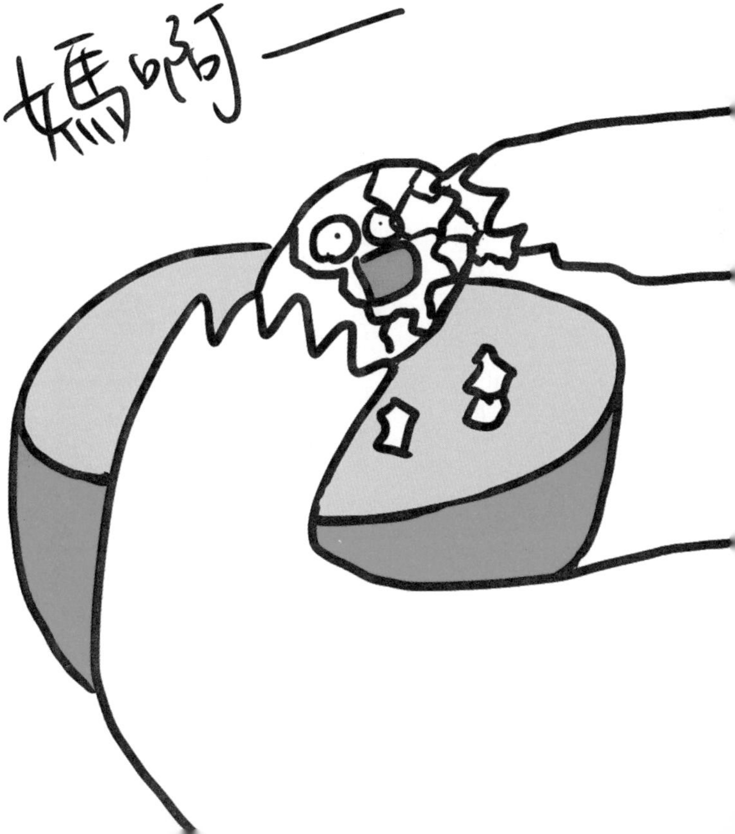

我滿意，她興奮的到處報喜，讓我也沈浸於快樂之中。

「你爸爸很高興，我很少看到他這麼高興。」媽媽等不及爸爸下班回家就打電話向他通報消息，之後這樣對我說，「如果可以的話，你爸會去放鞭炮。」

早前我考上第二志願的女子高中，氣氛可不是這樣。

當時已經沒有高中聯考，而是兩次基本學力測驗。我的第一次成績不算理想——至少考不上北一女，不料，第二次更差。爸爸按照考前規劃，送我去英國遊學，放榜時，我從英國打電話回家問：「所以考上哪裡？」媽媽冷冷的說：「還能上哪裡？」隨即就把電話掛了。

很多年後，一個朋友跟我分享，說他媽媽一接到他考上成功高中的通知，隔天直接飛出國，然後一整年不同他說話。所以，相較之下，我的狀況似乎還算好。

我看到張亦絢在《永別書》裡寫到：「只因為兒女考上第二志願，就消沈沮喪的父母，其心靈該有多麼空虛！」簡直不能再認同。但當時的我卻因為讓父母失望，感到自責。

媽媽花了一點時間平復心情，開學前把我叫到面前，用命令的語氣說：「既然沒考上北一女，只能念第二志願，那你每次段考都要全班前五名才行。」我儘管聽了滿肚子委屈，但總覺得是自己理虧，也只能默默接受。

畢竟我不是那種伶牙俐齒會對父母反唇相譏的小孩，其實心裡想著：「你也不過吊車尾考上私立大學，到底有什麼資格講我？」但更知道此話一出，媽媽大概又要一邊尖叫跳腳，一邊吼著「真是白養你了」。

我剛進小學的時候，媽媽顯得憂心忡忡。她跟她朋友說：「我擔心我女兒會被其他小孩討厭。」朋友問為什麼，媽媽回答：「她太驕傲。」發生什麼事了嗎？你女兒有什麼驕傲的言行舉止嗎？「其實也沒有。」媽媽聳聳肩。

事實上，一直以來媽媽才驕傲好嗎。

我國小二年級寫成的第一篇作文，媽媽見了連忙昭告天下，硬逼著所有親友聽她朗讀我的文章。我一邊練琴，一邊隱隱約約聽到她朗讀的聲音，開心得脹紅了臉。

「我長大以後要當作家！」我跟媽媽說。

接連的許多作文，老師也都覺得我寫得很好，常常叫我在班上自己朗誦。我還開始創作一些押韻的短詩或是故事。媽媽帶著我的作品向爺爺奶奶獻寶，爺爺總說我遺傳自他們家的基因，我是他們家的小天才、小神童。

而媽媽也不以此滿足。她買來當時很暢銷的《永遠的小貝殼》，叫我讀，叫我學學人家——人家可是小小年紀就出書了呢！

不過，媽媽的說詞總反反覆覆，有時候說：「你看她寫得也不怎麼樣啊，你再努力一點，就可以超越她了。」有時候又說：「你看看自己寫的東西，比起人家還差得遠，你這樣要怎麼當作家！」

《永遠的小貝殼》我看了不下百次。先前媽媽朗讀我文章時的快樂已經蕩然無存，只剩下愧疚。為什麼我不像別人那麼優秀，為什麼我沒辦法出書呢？但我仍努力的繼續寫著，我還想讓媽媽打電話給親友，朗讀我的作文……

關於作文這件事，媽媽還偷偷聯合了老師。

小學五年級的某天中午，我被老師叫到學校頂樓的禮堂。禮堂鋪著木頭地板，老師和我席地而坐。那是一位非常溫柔的老師，笑起來眼睛彎彎的，讓人由衷感到一股暖流。同學們都很喜歡她，我也不例外。

那天天氣悶熱，室內沒有開冷氣，風扇嗡嗡地吹送過來一陣陣暖風。

老師拿出一份作文，遞給我。那是一篇九十七分的作文，寫的人是班上那位長得像洋娃娃，成績好，家裡有錢，還會拉小提琴，簡直是漫畫女主角的同學。

「昨天晚上你媽媽打電話給老師，很擔心你的作文狀況。」老師說，「她請我讓你看一看最高分的這篇作文。你先讀，等一下再告訴老師你的想法。」

我在老師的注視下，讀完那篇作文。文章的內容我早就忘了，但至今仍記得作文紙薄薄的觸感，以及同學娟秀的筆跡。

我極力想好好表現，想認真回答，只是腦袋一片空白。

「我沒有什麼想法。」最後我說。

於是，老師開始一一解釋，同學的作文用到了哪些技巧，具備什麼樣的描寫功力……但我一個字也沒聽進去。

我一逕看著作文紙上那紅色的9和7。那是一篇九十七分的作文，而我，拿了九十三分。

四分之差。

只不過四分之差。

原來在媽媽心中，就這四分的差距，我成了一個比較差勁的小孩，一個不值得她讚美的小孩。

媽媽很著迷於「早慧」這件事。尤其我在兒童英語班總是考第一名，她更有了期待。所以除了《永遠的小貝殼》，我也被逼著看《英文小魔女》。媽媽開口閉口就是鮑佳欣如何如何背單字，如何如何閱讀，幾歲就能怎樣怎樣，托福考了多少分等等。顯然，我不夠好。

「英文夠好的話，以後可以當口譯啊。當口譯不僅賺很多錢，還可以常常出國。你不是最喜歡出國了嗎？而且口譯員工作時間很彈性，其他空閒你可以用來看書、寫作啊，多好！」她心情好的時候就會這樣循循善誘，為我編織一個又一個美好的未來。心情不好的話，就只會叫我學學鮑佳欣。

「鮑佳欣會頂嘴嗎？鮑佳欣會這樣跟自己的媽媽講話嗎？不會！所以她托福考才可以全台灣最高分！」

但我也沒有因此討厭英文，也沒有因此不再寫作。我還是懷抱希望，媽媽總有一天會認可我。

為了我的學習，她也確實耗盡心思，當時聽聞新店山區有一所開放式教育的小學，就想方設法讓我轉學過去。新學校功課少，考試也少，每天有各種活動和遊戲，而且常常校外教學。那是我生活得非常開心的一段時間。

因為感受到新學校截然不同的氣氛與教學方式，我就寫了一篇文章痛罵了前一個學校。「我之前念的ＸＸ國小，校長爛，老師爛，同學也很爛……」大概就是這類內容，但我與生俱來的嘲諷天分，讓整篇文章讀起來深具娛樂效果。

媽媽當然也立刻和親友分享。豈料這次卻踢到了鐵板。一位特別正直的朋友聽了非但沒有笑，還告誡媽媽不能讓小孩養成這種趾高氣揚的習性。媽媽顯然有些羞愧，因此開始特別注意我的「驕傲」，只需我言談之間稍露一點點得意，她一定立刻出面打壓。從此，在外人面前我變得戰戰兢兢，每次轉頭看到媽媽冷冷的眼神掃來，就知道回家又要被痛罵「得意忘形」。

媽媽那位正直的朋友，是作家顏訥的母親。我跟顏訥三、四歲時就認識了，卻到這幾年才真正成為朋友。

顏訥很早就投稿報紙，而媽媽每每也會將她刊登在報紙上的文章剪下來，好好收藏在資料夾裡，每當剪報累積了一定數量，媽媽就將資料夾拿給我，逼著我看。

青春會逝去；
愛情會枯萎；
友誼會凋零。
只有母愛
長長久久。

——荷馬

媽啊——

理性上，我知道媽媽是想要激勵我，想要我閱讀好的作品。但情感上，我只感覺一股羞辱。事隔多年，我還是不解，怎麼會有人利用朋友的女兒羞辱自己的女兒呢？

媽媽對我，幾乎講不出什麼好話，即使讚美，也會在最後話鋒一轉，加個但書，給我回馬槍。

「最近考試成績不錯，但是，不要放鬆戒心，畢竟還沒大考。」

「這些圖畫得還不錯，但是，當興趣還可以啦，和專業還差得遠吧？」

我高中第一次寫的劇本，被媽媽用紅筆改得體無完膚。我哭了一整個下午，還向戲劇社的學姐哭訴。學姐嚇壞了，拚命安慰我：「你才高一，能寫成這樣已經很厲害了！」我當下才驚覺，曾任職出版社的媽媽，或許是用編輯的眼光審視我的作品吧。

「可是，我是你女兒耶。」我還是感覺委屈。和媽媽一起去高雄舅舅家，也總是讓我傷透了心。

「你看，表妹的圖畫得真好啊，好厲害啊，簡直跟職業畫家一樣了。」

「哇！表妹的小說寫得真有趣，有沒有去投稿啊？以後可以出書當作家耶！」

表妹是個乖巧的孩子，總是滿臉天真可愛的笑容，是個在愛和讚美中長大的小孩。聽到媽媽東誇一句西誇一句，她也只是笑著說：「謝謝姑姑。」她並不缺這些。

原來媽媽可以讚美人的，只是沒辦法讚美我。而我只要她稱讚表妹的十分之一，甚至百分之一，只要她好好看著我、肯定我，就夠了。

「媽，你怎麼從來不會像稱讚表妹那樣稱讚我啊？」有一次我鼓起勇氣問。

「你還缺人家稱讚嗎？爺爺奶奶不是很愛誇你，都把你捧上天，把你寵壞了！」媽媽忿忿地說。

我彷彿因此似懂非懂一些道理。表妹是舅舅的女兒，和媽媽同姓，是媽媽家的人。我是媽媽的女兒，卻和爺爺同姓，是爺爺、爸爸家的人。

但如今回想起來，我更清楚，原來媽媽到頭來是要證明，自己家的基因並不差，她家也有能力生出、教出一個神童。

她想要證明給爺爺看，她並不差。

如果你會愛我勝過一袋衣服？

有一位朋友在臉書上，說她女兒打破了一個茶壺。那個茶壺是她特地去鶯歌買回來的，找了好久才找到那樣的款式，好漂亮且好貴，她好喜歡。朋友的女兒因此戰戰兢兢，深怕母親會生氣。但這位朋友對女兒說：「有什麼好生氣的，破了就破了啊，罵也不能變回來。而且，我愛你勝過我愛這個茶壺啊。」

我看了好羨慕，因為我就曾是那個凡是打破杯子、打破碗或弄丟東西，就會被痛罵一頓的小孩。媽媽當然不會承認她愛那些物質勝過愛我，她的說法是：「不罵你，你怎麼學得到教訓？不罵你，你怎麼改掉粗心的毛病？」

我九歲那年，因為爸爸做生意的關係，全家搬到北京。我們住在北京近郊，那是外國人住的高級社區，我也和外國人一起就讀國際學校。

那時，社區裡有個華裔美籍的姐姐，大我兩三歲，很喜歡我。有時出出入入或上下學，我會搭她家的便車。他們家的車子不但是歐洲進口車，還配有司機。姐姐從小在美國長大，完全一派美式風格，小學就打耳洞、化妝、搽指甲油，讓我覺得新奇又崇拜，總是很期待能搭她家的車子，可以和她一同回家。

有一次，天氣很冷，地上積了五六公分厚的雪，放學時，姐姐看我在等校車，便喚我過去。「別等了，坐我們家的車吧！」我開心地上了車，聽她開始抱怨學校老師不准她染髮。「那些洋人老師自己的頭髮都五顏六色，憑什麼不讓我染髮！」她口若懸河，講得頭頭是道，想必我望著她的眼神應該充滿崇敬。

到了社區，我們在巷口道別。我見天色還早，便決定去踩踩積雪再回家。那年是我生平第一次看見雪，特別喜歡在無人踏足的積雪上踩腳印。雪鬆鬆軟軟的，踩下去會有一種奇妙的觸感，我想像那就是踩在雲上的感覺。

玩著玩著，不小心一轉身已見暮色四垂，我連奔帶跑趕回家。果然迎面看到媽媽雙手扠腰，一副火山準備爆發的模樣。

「這麼晚才回家？跑去哪裡鬼混？」

我正想找個藉口搪塞，冷不防媽媽忽然拔高嗓子：「你的圍巾呢？我給你買的喀什米爾圍巾呢？」

我往脖子一摸，圍巾？我的圍巾早就不知道到哪裡去了。

接下來就是一陣宛如狂風暴雨的怒罵，等回過神來，我已經站在冰天雪地中。

「沒找到不准回家！」腦海中嗡嗡的響著媽媽這句話。

媽啊—

一位好母親抵得上一百個教師。

——喬治・赫伯特

北京冬天的夜晚，零度以下的氣溫。我在路燈微弱的照明下，循著剛剛走過的路，沿途尋找著我的圍巾。

那麼貴又那麼漂亮的圍巾！你到底是怎麼搞的，這麼不愛惜！什麼好東西到你手裡都會不見！買好東西給你又有什麼用，你都不懂得珍惜！

我一邊哭，一邊找，熱淚沿著臉頰流下，但風一吹，馬上就涼了。

在北京那一年，我和媽媽的親子關係特別不好，一回想那段時期，就會浮現自己在客廳裡罰跪的畫面，至於到底做了什麼罪大惡極的事情，卻是完全記不起來。

圍巾終究沒能找回來，媽媽氣得不跟我講話。我一邊哭一邊吃飯，爸爸可能安慰了我幾句，也可能沒有。

不搭姐姐家便車，我就得搭校車。國際學校的校車和電影裡演的一樣，龍蛇雜處，而且有惡霸。

我們車上的惡霸，是一個十年級的比利時女生，長得很高很壯，頭髮染成紫色、戴耳環、嚼口香糖，總是坐在最後一排和她的跟班吃零食。她講話大聲，又滿嘴髒話，基本上就是刻板印象中不良少女的樣子。

可能是一種白人的優越感，平常她不和我們這些亞洲人來往。但有一天，她忽然心血來潮，決定捉弄我。人高馬大的她，搶走了我裝體育服的手提袋，又伸手一撈，搶走我頭上的髮箍。

我急了，一個勁地想奪回來。比利時惡霸哈哈大笑，更樂了。她比我高一個頭，我根本贏不了她。她隨即把我的東西丟給她的跟班，叫他們藏起來。

「還給我。」我說，可能還帶著哭腔。

「好啊，可以還你，但你要做一件事來交換。」惡霸說。

她抓住一個比我更小的男孩子，把他拎到我面前。「我想看你們兩個接吻，你們接吻的話我就還你。」

那個小男孩嚇得臉色發白，動都不敢動，我則是脹紅了臉。

「我不要。」我說。

「那我就把你的東西丟出去喔。」惡霸笑著說。

那只不過是一袋穿過的體育服、一個舊得不能再舊的髮箍，就算丟掉也不值得可惜吧。但是，那時的我，怎麼樣也丟不起。

長大以後，每當想起這件事，我都恨不能回到過去，告訴當時的自己：不要理她，丟了就丟了。不要理她。

但是，當時的我照做了。不過就是碰一下嘴唇而已，沒什麼大不了的。惡霸和她的跟班笑得合不攏嘴。

我保護好我的東西了，我是個很棒的小孩吧？我這樣告訴自己。

「你就讓她拿走就好了嘛！你就讓她拿走嘛！」媽媽知道整件事後，氣急敗壞地說。

媽媽確實用盡全力安慰我。奇怪的是，在我九歲的心靈裡，卻似乎察覺媽媽其實保護不了我。

媽媽既沒有通報學校，也沒有去和對方家長理論。她帶我去浴室漱口，洗嘴巴。「你覺得很髒嗎？洗乾淨就好了。」我哭著說我不想再搭校車了，媽媽則教了我一些，諸如「她再威脅你，你就不要理她」或是「告訴學校老師」或是「告訴司機」之類，所有被欺負的小孩都會被告知的方法。

事實上，如果你始終讓我感覺，你會愛我勝過一袋衣服就好了。

回到台灣，北京的恐怖經歷馬上煙消雲散。在熟悉的環境，和以前的同學重新接上線，又交了新朋友。那時班上幾個熱血的家長，為我們成立了棒球隊，還找來專業的教練教球。

一開始，我是球隊唯一的女生，有個男同學和我特別好，總會找我練習。後來因為又有幾個女生加入，我就都跟女生練球。教練有時會帶他的弟弟來練球，我們都管他叫小教練。小教練特別喜歡跟女孩子搭話。練習時也喜歡湊到我們女生這組來。而所有的女生裡，他又最喜歡我。一找到機會就和我閒聊，有意無意刺探我的家庭狀況。「你跟爸爸媽媽一起住嗎？家裡有幾個人啊」、「爸爸上班會很晚回家嗎」……

某次練球，剛好除了我之外，所有女生隊員都請了假，原本找我丟接球的男同學想和我一組，卻被小教練支開。小教練說要和我一組，幫我特訓。

我們一如往常練球，結束之後，就在我坐下來休息時，小教練走了過來，忽然蹲下一把抓住我的腳踝。他靠得很近，手勁很用力。我聽不清楚他說了什麼，只覺得一股巨大的噁心感，我非常害怕，直想掙脫。

「喂！要不要回教室收書包？」就在這時，我聽見那位男同學在近處大喊，於是趁機甩開小教練的手，頭也不回地跑了。

回到家，我一把鼻涕一把眼淚的把這件事告訴媽媽。媽媽說：「以後如果其他女生都請假，你就不要去練球了吧！」我搖搖頭，決定退出棒球隊。

五年級媽媽診斷出罹患癌症，有段時間我借宿在同學家。那時媽媽正在做化療，頭髮掉光光，瘦成皮包骨。遇到任何事，我再也沒有告訴過媽媽，因為她那時更是什麼也做不了。

親子關係也有賞味期？

認識的長輩至今都說我小時候長得非常可愛，我也記得在社區公園玩，總會有年輕夫妻跑來跟我媽媽說要認我做乾女兒。也曾經差點去當童星拍廣告，只可惜當時太怕生而作罷。

媽媽喜歡幫我買漂亮的衣服，國小之前，家裡有一個衣櫃放的全是我的服飾。有極為浮誇的立體手工繡花公主服、仿香奈兒款的黑白配色兩件式套裝、學院風的蘇格蘭裙和貝雷帽、黑色天鵝絨長禮服以及搭配的珍珠長項鍊、童話風的紅色斗篷、波希米亞風格的背心裙、古典印花綁帶洋裝……

媽媽也曾替我做過衣服。美語班舉辦化妝舞會，媽媽興致高昂的決定把我打扮成花仙子，不但去花市買了四五種顏色的非洲菊，編織成花冠、手環和項鍊，還從我的衣櫃挑了一件粉色洋裝，在裙襬套上一層透明塑膠布，然後把花連同葉子，縫成一圈。過程前前後後花了快一星期，為了怕花凋謝，媽媽把花材冰在冰箱裡，每天拿出來加工，做完再放回冰箱。於是，那陣子我們家冰箱一直塞滿了花，十分夢幻。

奶奶剛從國中退休，三不五時和老朋友聚餐，也總愛帶著我一起去。她們最常去的是光復南路信義路口的欣葉餐廳。我對台菜沒有太大興趣，每次就只等著飯後招待的麻糬。欣葉的麻糬是水煮的，熱呼呼，外頭裹著花生糖粉，非常好吃。但是一人只有一顆，我吃完我的那份，就睜著咕溜溜大眼睛，可憐兮兮的望著同桌的人，而她們往往受不了，便把自己的都讓給我。

奶奶的那群朋友都叫我「小美人」，奶奶得意得不得了，覺得帶我出門

母親對孩子的
愛和痴迷
是一種
自戀的滿足。

——弗洛姆

媽啊——

好有面子，而且不僅可愛，個性也乖巧，可以靜靜坐上兩個小時也不會亂跑。偶爾其他人同樣帶了孫子孫女來，每當那些小孩滿場飛，他們的奶奶訓斥時，就會把我端出來：「你看看人家小美人多乖，多聽話！」奶奶越是得意了。

奶奶喜歡帶我出門，媽媽當然高興。她會先幫我挑好衣服，綁好頭髮，戴好髮飾，親自送我到奶奶家。結束後，則總會問：「大家有沒有叫你小美人啊？」我點點頭，媽媽滿意地微笑。

當時我其實並不知道美人是什麼意思，還認為自己是小美人，那媽媽應該就是中美人，爸爸是大美人嘍？我的想法把爸爸媽媽都逗樂了。外公、外婆從不稱讚媽媽的外表，媽媽大學時用打工的薪水去髮廊燙了當時最流行的大波浪髮，放假回家，外公看了一眼就說：「夭壽喔！好像熊！」媽媽傷心死了。當年幼的我說「媽媽是中美人」，或許是媽媽少數被稱作美人的經驗。

親友都說我長得像爸爸，媽媽每每頻頻點頭，附和道：「長得像爸爸才好，爸爸比較好看，像媽媽就完蛋了。」後來我有樣學樣，取笑媽媽醜，媽媽也不生氣，還逢人就說：「千萬別講我女兒長得像我，她會不高興。」

媽媽的告別式，我在現場準備了許多她年輕時的照片與親友分享。我的大學同學紛紛跟我說：「你媽年輕時好漂亮，你們長得好像。」我心想，才不像呢，媽媽自己也知道。

媽媽說我剛生下來，臉紅通通皺巴巴，簡直像個小老頭，一點都不可愛。可是當她將我抱在懷中，接觸到我的肌膚，心中浮現了一個念頭——這是我的女兒！從那刻開始，她覺得我是全世界最可愛的小孩。

翻開家庭相簿，媽媽留下許多與我嬰兒時期的合照。其中一張，是她和剛滿一歲的我，一起在床上睡覺。我們側躺著，面對著面。媽媽靠在我胸前，一隻手托著我肥胖的小手臂，將它貼在她的臉上。照片裡中的我看起來很安心。

但，親子之間是否也有蜜月期？在我被叫小美人的那幾年，媽媽和我如膠似漆。媽媽每天都會幫我梳頭髮，用圓形原木梳，一天梳一百下，說這樣頭髮才會烏黑亮麗。她也每天幫我捏鼻梁，說這樣長大之後鼻子才會挺，才會好看。

媽媽辭掉出版社工作，回家做一個全職主婦。一開始，她也同樣會替我穿上漂亮衣服，帶我出門拜訪朋友。她和朋友喝茶聊天，我就在一旁看圖畫書或畫圖。我總有辦法自己找樂子，絕不會打擾大人。「你真是一個很乖很好帶的小孩。」漸漸的，這成了一句感嘆，尤其我學會頂嘴後，她便常說：「小時候那麼乖、那麼可愛，怎麼現在變得這麼可惡！」

賞味期限總會到來，可愛小孩也不再可愛。

我有了近視，而且視力惡化得很快，隔著厚重的眼鏡片，我的眼睛不再是小時候那樣又黑又圓。媽媽為此求助各家著名眼科，但近視度數依然失控地持續增加。聽說某個氣功大師能用氣功改善近視，媽媽也帶著我去上課。花了大筆學費，在機構住了一個月，每天按表操課，課程結束回家聽錄音繼續練功，但我的視力還是毫無起色。有一次，她開車帶我到一處眷村，在巷弄裡鑽來鑽去，最後找到一間破爛房子，聽說裡面有個很厲害的按摩師傅，專攻眼周穴道。記得按摩的時候我痛到眼淚直流，不停哭喊。媽媽卻把整套按摩學了起來，每天晚上對我如法炮製。

折騰了一年多，各種偏方都試了，媽媽宣告放棄。但我似乎因為吃中藥的關係，皮膚呈現不自然的深色，恍若生了肝病。媽媽看了每每嫌惡的說：「你是喝了醬油嗎？」我知道我不再可愛了。

媽媽對我的嫌惡，在我上了國中來到高峰。有次，全家去看房子，房仲小姐先是熱絡的和爸爸、媽媽寒暄，接著問我幾歲，在哪裡讀書。房仲小姐和媽媽說：「你們女兒真有氣質。」我並不以為意，不料看完房子回到家，媽媽沉默了一會兒，突然轉頭對我說：「人家就是覺得你醜，不知道怎麼稱讚，只好說你有氣質。」我更記得她那時嫌惡的表情。

「我把你生得這麼漂亮，你卻把自己搞得這麼醜。」她後來最常把這句話掛在嘴邊。雖然每天買苦瓜汁給我喝，也買了不少專櫃保養品，慘的是，我的青春痘隨即一發不可收拾，滿臉膿包、暗瘡，還有痘疤。有一回搭捷運，一個五六歲的小男孩直直盯著我。我對他親切的微笑，沒想到他竟指著我大喊：「痘痘！」嚇得他媽媽連忙向我道歉。我當下萬念俱灰，真想一把火燒掉自己的臉。

媽媽變本加厲，叮囑我不要穿橘色、寶藍色、黃色，因為會顯黑，看起來髒。也嫌我肩膀寬又有副乳，穿無袖背心、細肩帶小可愛都很難看，說我腿粗不要穿短褲，希望我剪短髮，以免像鬼一樣。

青春期後的我厭惡照鏡子，衣櫃裡只有黑、白兩色衣服，直到媽媽過世後。

出了社會，我存了錢就去做淨膚雷射，每個月做一次，雖然敷了麻藥，但打雷射還是非常痛，像是針不斷刺在臉上一樣，熱麻刺痛。躺在醫美診所的床上，總想著下個月不要再來了，絕對不要再來了。但是看著鏡子裡臉上的痘疤，想到屈辱的過去，還是不爭氣地每個月報到。

內心深處的某個地方，我依然相信不再漂亮了就不會被愛，就像媽媽逐漸嫌棄我那樣，我也會狠狠地嫌棄自己。

世界上一切
都是假的、空的，
唯有母親是
真的、永恒的。

——印度諺語

媽啊～

爸媽沒有性？

回想起來，我不得不懷疑媽媽「恐性」。

媽媽過世後，小阿姨怕我太難過，便買了機票讓我飛去美國加拿大散散心。住在美國二叔家那陣子，經常和二嬸嬸一起逛大賣場。賣場裡最特別的就數內衣之琳琅滿目，完全讓我眼花撩亂。嬸嬸帶我去試衣間幫忙試穿，一看到我脫掉外衣，露出的內衣，竟然出聲驚呼。「唉呀呀，你的內衣也太舊了吧，都變形了，尺寸也不合。你不知道內衣每半年就要換一次嗎？」她替我挑了幾件新的，我才發現我的舊內衣整整小了兩個罩杯。

一直以來我的內衣都是由媽媽買的。會買專櫃保養品、進口沐浴乳、訂做衣服給我的媽媽，偏偏在菜市場買內衣給我。穿上新內衣的那瞬間，我隱隱約約感覺媽媽對於我身體的發育，似乎刻意視而不見。

媽媽對性有所意識，似乎在她國中時期。當時在沒什麼娛樂的屏東鄉下，媽媽原本總是和男孩子玩在一起，去溪邊玩水，沿著鐵軌騎腳踏車，偷糖廠的甘蔗吃。她絲毫不覺得自己和男生有什麼不同，直到有一天，一群人在外騎著腳踏車，忽然遇到大雨，媽媽的白色制服濕透了，若隱若現透出她的乳頭。或許書上曾經看過，或是出於本能，媽媽突然強烈感到一股羞赧，立刻弓著背、縮著胸，彷彿懷抱著見不得人的什麼，倉皇逃去。

我五年級就開始穿一種背心式的襯衣，是媽媽堅持要我穿在T恤下。「為什麼要穿這個？」我覺得很熱、很不舒服。媽媽只說：「你長大了，會露出來，不好看。」至於為什麼會不好看，媽媽始終沒明說。

國中之後，媽媽要我改穿她從菜市場買來的無鋼圈胸罩。而這過程，她從未檢視過我的乳房，我甚至懷疑她完全不清楚我究竟發育得如何，只是憑直覺。

嬸嬸是有胸的人，媽媽則是一片平坦，外表上完全看不出起伏。嬸嬸曾經教我做美胸操，媽媽知道後，似乎不想被妯娌看扁，便三不五時煮青木瓜排骨湯給我喝。一邊用食補補我的胸，一邊要我穿著菜市場的內衣，直到她過世。

有了在美國挑選內衣的經驗，回到台灣，我開始上網惡補關於買內衣、穿內衣的知識。我甚至動用媽媽的身故保險金，到百貨公司內衣專櫃，買了昂貴的女明星代言的調整型內衣。

內衣這件事讓我察覺，媽媽對於我逐漸長成一個女人，始終有些恐懼且排斥。買衣服給我，總是避開會展露身材的款式，專挑一些保守或是中性的設計，尤其討厭我穿無袖的衣服，總說：「你肩膀太寬，手又粗，穿無袖好難看。」她喜歡帶我去位在小巷弄裡的那種所謂民俗服飾店。她曾買過整套的唐裝給我，白色緞面的上衣，藍紫色的及膝A字裙。那套衣服穿在三十歲的女子身上或許不錯，但換成十五、六歲的我，只會顯得又老又土。但媽媽熱中於為我添購，唐裝、漢服我有好幾套，就是沒一件符合年紀的。

媽媽自己的衣櫃裡，有很多漂亮的衣服，一件又一件剪裁合身又時尚。她過世後，我找出其中一件藍染的長洋裝，美得不得了，每次穿上它出門都會得到大量讚美。

國中時的我是時尚絕緣體，身上永遠只有素色T恤和牛仔褲，真要出席正式場合，只能和媽媽借。還好我們母女體型相似，媽媽的衣服每一件我都可以穿。而媽媽陪我試她的衣服，心情也總是特別好，罕見地展現無比耐心，可以花上一兩小時把她覺得適合的全部鋪到床上，讓我一件件試，一面一一細數它們的故事——這是在美國買的、那是法國的朋友送的、剛出社會拿到第一筆薪水買的……並且發表她對時尚的看法：「法國女人都穿黑鞋配黑襪，這樣就會顯得很優雅。」我從沒驗證過這個說法的正確性，但不知從什麼時候起，如果黑鞋不配黑襪，就會覺得渾身不對勁。

有一年爸爸公司辦春酒，我穿上媽媽兩萬元的純羊毛大衣，踩著媽媽的黑色牛皮短靴出席，直覺得自己儼然報章雜誌上那些社交名媛。但脫下那身衣服，我還是那個滿臉青春痘、黑黑醜醜的國中生。

記憶中，很少看見爸爸媽媽有過親暱的互動，以至於我曾很長一段時間誤以為他們是無性的。

他們不曾在我面前接吻，頂多親親臉頰，也很少擁抱，出門在外，會牽手或勾著手臂，但似乎不會相互攬腰，總之，在他們身上，你絕看不到浪漫愛情電影裡男女主角的卿卿我我。

爸爸總是直呼媽媽名字，或是跟著我一起叫「媽媽」。我聽過他們對彼此最親密的暱稱，就是「臭爸爸」和「臭媽媽」。他們之間毫無性的張力或氛圍。住美國的二叔叔總是毫不避諱的在家族面前抱著二嬸嬸猛親，叫她「寶貝老婆」，媽媽看到了，就會轉頭偷偷對我擠眉弄眼，做出嫌惡的表情。

童年時期，媽媽就替我準備了許多性教育的兒童讀物，還記得其中一頁畫著一個女孩子推開房門，看到父母親脫光衣服在床上親熱。我看著絲毫無感，對我來說，「這樣的事情不會發生在我家」，因為我深信我的父母是無性的，雖然也不清楚性是什麼。

某一天，我在奶奶家看電視，那是一部七八〇年代的老片，我其實看得不是很懂，只知道男女主角在討論「柏拉圖式愛情」。二嬸嬸偶然經過，隨口問了一句：「這在演什麼？」我回答：「他們在進行柏拉圖式愛情。」嬸嬸大驚失色，一邊喊著「這不是給小孩看的」，一邊把我趕回房間。那時還覺得嬸嬸大驚小怪，「柏拉圖式愛情」不就是我父母的關係？

所以，即使我已粗淺地具備了性知識，卻還是沒辦法把爸媽有時鎖起房門和性聯想在一起。小學時，偶爾夜晚做噩夢，嚇醒過來，我會爬到頂樓的爸爸媽媽房間，鑽進他們被窩睡一晚。但有幾次，爬過那道長長的樓梯，卻打不開房門。我坐在樓梯頂端等，想等等看會不會開門。但總是沒有。

媽媽第一次跟我開口談性，是在我國中的時候。她把我叫進房間，叮囑我千萬不可以發生婚前性行為。那時候的社會氛圍已開放許多，我並不覺得婚前性行為有什麼了不起，雖然我當時根本沒有可以發生關係的對象，也不知道自己未來會不會有對象，卻還是和媽媽爭論了起來。

「難道那個ＸＸ阿姨的小孩ＸＸＸ，○○阿姨的小孩○○○會做這種事嗎？」媽媽自覺講不過我，只能搬出一些朋友的小孩當擋箭牌。當然，這些阿姨的小孩們長大後一個個都和男女朋友同居，媽媽也不再提此事，只當自己沒說過。

上了大學，交了第一個男友，面臨是否要發生性關係的難題時，我選擇去女研社請益。接下來幾年，談論感情、性關係的對象，是閨密、是gay密、是女性主義者。但當我第一次發生性關係，還是忍不住向媽媽坦承。即使我習得的知識已遠遠超過兒童性教育讀本寫的，但我仍然無法擺脫那種「身體髮膚，受之父母，母親是我貞操的所有者」的傳統思維。我聲淚俱下，基於羞愧，覺得自己背叛了母親。她國中時的叮囑，我還記得。媽媽聽完我的告解，淡淡的說了一句：「別讓爸爸知道，他會難過。」

厭世女兒筆記

女人固然是脆弱的，母親卻是堅強的。

——法國諺語

媽媽逐漸在我和性的關係中缺席。後來我加入工作坊、學校內的性別運動，痛罵父權社會。女性對於自己身體重新掌權的過程，我和夥伴一起艱難地走來。有一天回頭，我發現媽媽早已被我拋在後頭，很遠很遠了。

為什麼不能為我活下去？

爸爸常常以捉弄我為樂。

我國中那時，手機剛開始流行，我從表姐手中接收了一支舊手機，學著用數字鍵盤打字傳簡訊。用的是預付卡，一封簡訊三塊錢還限定字數，所以總要絞盡腦汁簡化詞句，以便用最經濟的方式傳出去。

有一天，我收到一封簡訊，打開一看，「你的手機已被鎖定，即將爆炸」，我瞬間嚇出一身冷汗，再往下讀——「趕快把手機丟到馬桶！by 爸爸」老爸這個臭阿伯！

更小的時候，有一回爸爸開車載我去吃飯。「你知道有道菜叫三吱鼠嗎？」爸爸問，「先用蜂蜜餵飽剛出生的小老鼠，再把牠們放在盤子上。吃的時候就用筷子夾，這時老鼠會吱吱叫，這是第一吱。接著蘸醬，老鼠會叫第二吱。最後放到嘴裡咬下去，老鼠會第三吱，所以叫三吱鼠。我們現在就去吃三吱鼠！」我才不要吃老鼠！我大聲抗議。爸爸這麼疼我，怎麼會帶我去吃那麼恐怖的東西？我不相信。但爸爸露出一個神秘的微笑，忽然間我不再那麼確定了。我分辨不出爸爸的真話與假話，發現真的不了解他。

媽媽過世之後，我和爸爸二十幾年來首次兩個人過生活。那是很陌生的感覺，我們都有點手足無措。我們不知道一個喪偶的中年男人，應該怎麼跟成年的女兒相處。應該一起吃飯嗎？在家裡吃還是出去吃？誰要做飯，誰要洗衣服呢？兩人共處一室時要聊天嗎？聊些什麼呢？

不過，我們慢慢發展出新的生活模式。每天到了傍晚，我和爸爸會互傳簡訊相約吃飯，吃完飯有時還會去看電影，就像在約會。我們在台北到處吃，網路上查到哪家店有名就去吃。我們去過七條通的肥前屋、內江街阿財虱目魚，吃完南機場阿男麻油雞，再吃永康街芋頭大王。

爸爸總盡力在吃的方面滿足我，花錢不手軟。而他也坦白，依他當下的能力也只能做到這樣，如果我想出國念書，得自己想辦法籌學費。

爸爸的經濟狀況沒有好轉，且常常不去上班。但爸爸的事我無法管太多，也相信他總有辦法解決。

有一天放學，走到家前面的巷子裡，看見前方有個老頭騎著腳踏車。我竟一時沒認出那是爸爸。他頭髮花白，穿著白色汗衫、卡其短褲，吃力地踩著踏板，車子手把上掛著一個塑膠袋，顯然是小吃店外帶的湯麵。爸爸什麼時候變得這麼老了，好像隨時都會死掉。我這樣想著，一路哭回家，但進了家門，面對爸爸，什麼話也沒說。

爸爸媽媽從來不忌諱死亡，如果他們需要一起坐飛機出國，一定會跟我說明一些可能的狀況。保險費多少，保險箱鑰匙在哪裡等等，總是交代得清清楚楚。

所以，當時爸爸說他即將去北京出差，接著同樣吩咐一些事，我一點也不為意。但回想起來，發現他講得很細，包含一筆未來可能會賺錢的投資，如果賺了錢，每個親戚的小孩要各分多少，還要我一一記下來。

我也記得自己有點想敷衍了事，於是爸爸微微動怒了：「這麼簡單的事情你都做不到嗎？」爸爸很少對我發脾氣，我只好拿紙筆把數字抄下來。

到了爸爸預計出發的那天，我一早醒來，喉嚨感覺痛，體溫也有點高。起床拉開窗簾一看，外面正狂風暴雨。我到廚房倒水喝，一面盤算著今天要不要請假。爸爸從房間出來看到我，有點驚訝。

「你怎麼沒去上學？」

「我好像感冒了。你怎麼沒去出差？」

「那個沒關係，我改時間了，隨時都可以去。」爸爸講得含糊，我沒聽出意思。

「機票可以說改就改的嗎？你這次怎麼沒印電子機票給我？」我一邊碎念一邊回房間睡覺。

不知昏睡了多久，忽然被門鈴吵醒。打開門，看到爸爸渾身濕淋淋，拎著一隻全雞站在門外。「你感冒了，我煮鍋雞湯給你。」雞湯裡還放了當歸、枸杞、紅棗、山藥。那陣子我老是胃痛，爸爸還說吃山藥可以治胃痛。

我一邊喝湯一邊仍不放心地問：「你的機票可以改嗎？真的沒問題嗎？」

爸爸一直說可以，我也就信了。

病了兩天，爸爸都在家裡陪我，說機票又延期了。第三天，我上學去了，晚上回到家，發現家裡烏漆墨黑，心想爸爸終於出發去北京了吧。就在開燈

厭世女兒筆記

沒有無私、
自我犧牲的母愛，
孩子的心靈
將一片荒漠。

——英國諺語

的那刻，我聞到濃濃的燒焦味。是鍋子燒焦了嗎？我一面嘀咕著「死老爸」一面走進廚房。爸爸煮的雞湯好端端的在爐上。

沒有東西燒焦怎麼會有焦味？眼前忽然浮現爸爸顫巍巍騎腳踏車的樣子，我似乎已經知道了，只是還不想接受。

爸爸騙我。根本沒有北京出差，自然也沒有機票需要更改，全都只是為了跟我交代後事。這個局不知道布了多久，為了讓我放下戒心，他花了多少力氣？他從什麼時候開始騙我的？他興致盎然地聽我講學校的趣事、講我對未來的規劃，這些都是假的嗎？他每天笑嘻嘻的樣子也是假的嗎？他從什麼時候想尋死？為什麼我都不知道。

我最後打開浴室的門。爸爸躺在浴缸裡，像睡著一樣。白汗衫、卡其短褲，和那天騎腳踏車的穿著一模一樣，只是脖子上多戴了一個紅色護身符，襯著白汗衫，像血。我放聲尖叫。

你啊，你怎麼這樣對我？你做這種事，算什麼父親？你怎麼能丟下我？我怒火中燒，走到廚房端起那鍋雞湯，直想往地上摔，但想到萬一摔破了還得自己打掃。隨即我又恨起自己的理性，恨自己的頭腦這麼清楚。我坐在地上痛哭。

不知道哭了多久，我才爬起來打電話報案。那是我生平第一次撥打一一九，報案中心的先生聽我說完事由，問我有沒有替爸爸做CPR。我說，不用了，太晚了。報案中心說，那派員警過去做筆錄。我說好。

掛掉電話，我再次坐在地上，又氣又恨又傷心又害怕，完全不知道接下來該怎麼辦。

警察來了，因為是非自然死亡，所以當天屍體還不能動，得等檢察官相驗。我好崩潰，可是更崩潰的是我還得一一通知親人。每講一次就得重新經歷一次痛苦，但這件事除了我之外，也沒有任何人可以代勞。越洋電話那頭，叔叔一聲一聲重複著「噢不、噢不」，我聽得心都碎了。叔叔當天就訂了機票回台灣，見到他時，他那憔悴的模樣，簡直快讓我認不出來了。

叔叔怕我在台灣想不開，後事一辦完，就帶我一起去美國。我就這樣在他們家住了兩個多月。

叔叔在麻州郊區的大洋房，距離最近的便利商店走路也要一個小時。正值學期中，白天，兩個堂弟上學，叔叔嬸嬸也去上班，房子裡空蕩蕩的，只有我和叔叔家的黃金獵犬，加上每天被啄木鳥啄壁的聲音吵醒，拉開窗簾窗外是整片森林，我彷彿和世界切斷了聯繫。

我一向愛狗，但那段時期每看到那隻狗一副悠哉的樣子，我就火大。狗什麼煩惱都沒有，狗都過得比我好！我恨恨地想。

為了打發時間，我開始重讀金庸小說。看《碧血劍》，對溫青青產生強烈的認同感。我和青青一樣身世悲慘，我也要耍脾氣耍任性難相處。也因為這樣的想法，可把當時的男友折騰死了。我一直對他感到很抱歉，但二十幾歲的年紀，畢竟沒有人知道該怎麼面對這種遭遇吧。

金庸小說很快看完了，我接著迷上電視的美食頻道。那時候我的作息大概是每天十一、二點起床，烤兩片吐司，塗上厚厚的巧克力醬當午餐，一邊看電視。美食頻道的節目大都以半小時為單位，每集都有個主持人教做一道菜，一天看下來，我大概可以學做七、八道菜。下午餓了，就吃冰淇淋。美國的牛奶又香又濃，冰淇淋特別好吃。我喜歡巧克力碎片口味的冰淇淋，在嘴裡把巧克力慢慢咬碎，和著融化的冰淇淋吃下去，格外滿足。

偶爾外出散步，剛入秋，麻州的樹葉轉黃了。生長在亞熱帶，從沒看過整片金黃的樹林，自然驚嘆不已。叔叔家門前有一棵日本楓，紅色楓葉宛如在燃燒。叔叔送我一台 iPod，讓我可以聽有聲書，我一邊聽一邊在樹林裡散步，沈浸在故事以及周遭的美景中。那是少數完全忘卻傷心的時刻。但每到了夜晚，一躺上床，眼淚還是停不下來。

有幾次我夢到爸爸，我在夢裡跟他說：「你這樣做，媽媽會很生氣，你知道嗎？」爸爸都笑笑不回話。

為什麼爸爸不能為我活著？我覺得難堪。原來我對爸爸來說，並沒有想像得重要。

事情至今已差不多過去十年，一直以來，很多人都說我堅強，看不出來曾遭遇巨大變故。

我不是堅強，我只是學會了接受事實。

我的人生誰來做主？

媽媽過世之後，我常常看到一個景象。我一個人站在一片荒原裡，四周霧茫茫，什麼都看不見。我往霧裡走去，想要找出口，霧卻越來越濃。我看不到前途，也看不到走來的路。

我彷彿明白了，原來一向自以為是的自己，其實背後完全為媽媽所操控。讀好學校，追求好成績，做個乖學生、好小孩，都只是為了滿足、討好媽媽。我從來沒想過自己到底喜歡什麼，想要做什麼。即使稍稍萌生意願，也往往受到打擊。在媽媽眼中，我好像做什麼都不夠好。寫作不夠好、畫圖不夠好、英文不夠好、長得不夠漂亮，就算考上台大，沒有拿到書卷獎也是不夠好。

但，忽然間，再沒有人會批評我了，我卻反而失去了方向感。

媽媽過世那年我大四，原本想和好友報考社會學研究所的計劃，變得意興闌珊起來，甚至根本想不起來初衷。後來，又因為當時的男友在美國念博士，也興起去美國念書的想法。之前對動畫很有興趣，也參與過一些製作，或許可以拍個作品申請美國的動畫研究所。我在房間裡搭起了攝影棚，買來黏土製成偶，摸索著拍攝逐格動畫，前前後後拍了好幾千張照片，可以剪出一分多鐘的動畫片段。但，這時爸爸也走了。我萬念俱灰，拿了一個黑色大垃圾袋，把所有材料統統掃進去。沒多久也和美國的男友分手了。

大學最後一個學期了，剩下的學分也不多，我常常早上兩節課結束後就沒事了。回到家，煎一片冷凍蔥抓餅加蛋，然後看 YouTube 的英國達人秀。蘇珊大嬸在選拔賽上唱“I Dreamed a Dream”的影片我重複看了不下百次，每次看每次哭。那時候，素人參賽的故事特別容易觸動我，尤其那種原本不被看好，卻在台上一鳴驚人的選手。也許因為我剛好相反，學習過程一路順遂，想必就要成功了，一夕之間卻崩解。

備受期待、在父母注目下長大的我，現在已經不需要為誰證明自己了，不是應該鬆一口氣嗎？想不到竟如此空虛。既然如此，倒不如軟爛的生活吧。

那陣子看了好多影集，《花邊教主》、《宅男行不行》、《追愛總動員》，從天亮看到深夜，再出門買鹹酥雞當晚餐，接連好幾個月。好友看不下去了：「你不想念書也總得做點事吧！」逼著我練車，陪我考機車駕照。不料駕照考到了，隔天馬上出車禍，於是順理成章又在家裡躺了一陣子。

當時我在外文系修的是「英國浪漫主義文學」，這節骨眼每次上課都覺得火大。這些英國人真無聊，不過就是一些花草樹木山川河流，有必要囉哩八唆寫成一堆詩？詩有什麼用？美有什麼意義？文學是幹嘛的，可以當飯吃

父愛是
人類文明的產物，
母愛卻是
與生俱來的。

——林語堂

嫣啊

嗎？這些都沒辦法減輕我的痛苦，只會讓我妒恨，我在受苦，這些人居然還有閒情逸致寫這些廢文！

那時候的我，滿腔憤世嫉俗，只有揮霍金錢救得了自己，報復性消費，感覺自己對這個世界的恨意，唯有在消費中可以得到舒緩。命運不可捉摸，物質才是真真切切。我大力使用父母留下來的保險理賠金，買了專櫃上萬元的衣服和保養品，也曾一個下午買了八雙鞋，然後一個人去五星級飯店吃日本料理。既然爸媽拋棄我了，我就花光你們的錢。

我看到一則網路文章，說一隻貓失去了主人，每天無時無刻不叫著，誰也制止不了，後來透過動物溝通師才知道，原來貓以為這樣叫著，主人就會像以前一樣出現，即使罵牠也好……我心底知道，其實我也是在等，等爸爸媽媽前來阻止我虛度自己的人生，即使他們不會再回來了。

雖然我對藝術、文學反感，但不能否認最終也在文學中得到療癒。讀了幾本川端康成，可能是作品中那些無疾而終的戀情，那些頹廢與徒勞無功的美學，讓我深感共鳴。人生在世，做什麼努力都是無用的吧。成績好又有什麼用，畢了業一樣不知道做什麼。盡力討好父母，父母還是離我而去，談戀愛到最後也只是分手，人生在世倒不如耍廢，至少多睡點覺，還能多做幾個美夢。

於是，我從那時候開始，成了一個厭世之人。

即使厭世，還是得面對生活。大學同學紛紛上了研究所，或出社會工作。當初為了照顧媽媽休學一學期，爸爸過世後又再休學一學期，我原就比同屆晚畢業，既然不想讀書，不如趕快找工作。

因為領保險理賠金的關係，和做保險的小學同學接上線。對方問我要不要和他一起賣保險，我沒多想就答應了。

剛進入保險業，一切都很新奇。那是一個充滿正能量的產業，每天晨會都有同事分享「只要努力就能成功」的小故事，同事間也會傳閱心靈雞湯之類的文章。我參加了教育訓練，學習勞健保計算、公司產品內容、幫客戶規劃保單，各種新的知識佔據腦袋，讓我無暇多想自己的事情。

公司讓我覺得自在，因為我的經歷成了一則「保險故事」，而不只是一個悲慘的、令人同情的故事。大家會說：「雖然你的父母過世了，還好他們當時有遠見，早早就買了保險，讓你還能完成大學學業，不需要擔心學費與生活。」我將這套說法牢記在心，逢人便說，把父母的死變成推銷保險的話術。

我不再覺得自己可憐了，我把自己變成一個活生生的理賠案例。

保險公司的正能量，讓我短期成了一個積極、正面的人，相信努力就會有收穫，即使做了一年，業績並沒有特別突出，前輩也都只是叫我「再努力一點」、「要相信自己」。只是，漸漸的，那些精神喊話越聽越空虛。

有一天我又突然發現，常被表揚的年輕同事其實是襄理的女兒，她承接了媽媽的客戶，因此有了亮眼的業績。這些內幕，主管們當然不會說破。就說嘛，再怎麼努力，不同起跑點的人，就是很難擁有一樣的成就。

我決定遞上辭呈，結束一年的保險業務員生涯。

我靠著母親的庇蔭，進了出版社當編輯。說起來，我仍是個靠媽族。媽媽年輕時曾當過編輯，她當時的主管後來開了出版社，我厚著臉皮和那位長輩見面，求他給我一份工作。

童書編輯，那是媽媽二十幾年前曾經做過的工作，我居然也踏上同樣的道路。而我編輯的繪本、故事書、兒童小說，小時候媽媽也買給我一整屋，每天媽媽去午睡了，我就把架上的書搬到地上，一本一本讀。某種程度是書代替了媽媽，陪著我長大。不禁要懷疑，或許媽媽冥冥之中有某種感應，提早為我做好準備，以便我一當編輯就上手。

工作過程讓我懷念起媽媽來。二十幾歲當編輯的媽媽，也像我這樣，用紅筆把錯字一個一個圈起來嗎？媽媽教過我，修改文章，刪除的字不要畫掉，而是圈起來畫一個豬尾巴。修改過的地方如果想改回來，就在旁邊畫一個三角形。這些在我編輯工作上，每天都會用到。

我的工作表現良好，好到總編輯說要讓我接班。但是出版社薪水實在很低，加上房租差不多就花掉薪水的三分之一，每個月我都是名副其實的月光族。更慘的是，當時的男友不僅會情緒勒索、言語暴力，還會拚命跟我借錢。回想起來，真不知自己當時是怎麼活過來的。只記得有一天，夢到爸爸問我：「你過得快樂嗎？」我暴哭的醒來，告訴自己，夠了！已經夠了。隔天，和男友分手，接著搬家，辭掉編輯工作，轉職到一個全新的領域。

是時候往前走了。

誰言寸草心，
報得三春暉。

——孟郊

媽啊

媽媽還是希望我幸福吧？

這幾年我的人生發生了巨大的變化，我在網路上畫畫，短短時間內就獲得廣大的回響，緊接著的一切也是順利得不可思議，貼圖上了排行榜，五、六家出版社來邀稿。後來出了書，首刷數量是我自己當編輯時根本連想都不敢想的數字，不久又賣了好幾國的版權，大型媒體紛紛專訪，可說是嘗盡了名利雙收的滋味。

順遂的感覺，宛如張開眼睛只見遍地陽光，我的人生好像一點陰影都沒有了。偶爾連自己都差點忘記，明明幾年前父母才雙雙過世，自己也以為永遠無法振作……但我不會忘記，畢竟是依靠親友的善意，才可以這樣自給自足過著自在的日子。

誠如心靈勵志類書籍裡常說的，我的人生終於「與自己和解」了。二十二歲以前對人生的各種期待與想像，終究已經不可能了，我只能重來。如果那年媽媽沒有因病去世，如果爸爸沒有燒炭自殺，我現在會過著完全不一樣的生活吧。我可能不會成為一個圖文作家，我可能不會出書，甚至，我可能不會是一個出櫃的女同志。

我無法回答究竟怎樣的生活才算好，我只能說以前我會覺得是爸爸媽媽拋棄我，現在的我卻每當對生活感到滿意時，心中隱隱約約有股罪惡感，就像是我拋棄了爸爸媽媽。

這幾年，有些長輩對我說：「媽媽一定很以你為榮！」我總想，媽媽一定還是會找到很多可以挑剔的地方吧。我都可以想像她會怎麼說了：「不過就在網路上畫畫圖，這樣也算畫家嗎？」「現在出書的門檻太低了吧，這樣也行？」「戴那什麼面具，難看死了！」

但，媽媽還是會高興的吧。即使忍不住照例講些難聽的話，也是不希望我太驕傲自滿，然後一如往常到處宣揚我這個小孩很不錯。

媽媽曾經想當導演，也有創作熱情，寫過幾本童書，也有一些翻譯作品。爸爸的公司一度要開發教外國人學習中文的遊戲，當時媽媽積極參與其中，又畫圖又寫稿。她興匆匆的跟我分享，她想到教數字「六」的時候可以用六隻豹奔跑的動畫來表現，因為豹的英文是leopard，跟中文的「六」發音相近。後來，計劃中止，媽媽失落了好一陣子。

媽媽也說，她是為了在家照顧我，給我比較好的教育，才放棄了自己的事業。也許因為這樣，我非得功成名就不可，否則媽媽的犧牲就沒意義了。有時我甚至覺得，我是在為媽媽過她的第二人生，替她完成她來不及完成的各種夢想。

媽媽過世的時候，只是一個平凡的家庭主婦。不是導演、不是作家，媽媽就只是我的媽媽。對她來說，我是她唯一的作品。可是我並不是。媽媽過世後，我終於得以過自己的人生，不再需要背負她的期待，不再需要事事徵詢她的意見，尋求她的認可。我的作品，不會被她拿去跟什麼人的孩子比，不會受到她的批評指教。我是我自己的作品了。

有個很要好的朋友，有一天鼓起勇氣對她觀念傳統、覺得女人一定要結婚人生才圓滿的母親說：「我覺得我不會結婚。」本以為母親會激烈反對，不料她母親只是嘆了一口氣，說：「是因為我和你爸爸常吵架的緣故嗎？」朋友很訝異，原來母親自己也知道，上一代的婚姻關係不好會影響到小孩。

爸媽在我面前堅持了多年的模範夫妻，但隨著我逐漸長大，發現他們的琴瑟和鳴只不過是表象，我也因此認為婚姻並非人生必要的選項。原本結婚就像重新為自己挑選家人，我失去了原生家庭，或許可以透過婚姻，建立屬於自己的家庭，但我談了幾次失敗的戀愛，越發打消結婚的念頭。

我看過一篇講「聖母型人格」的文章，才驚覺自己的親密關係出了什麼問題。「聖母型人格」的人，總是盡力討好，不敢拒絕，覺得愛就是犧牲、就是痛苦，很害怕讓人失望，也因此從來不表達自己真實的想法和需求。

我跟心理諮商師表達我有這樣的問題時，他回答我：「那就盡力怪你爸爸媽媽吧！」他說，你從來沒有感受過無條件的愛，不是嗎？你的父母雖然過世了，卻還在你心裡，評價著你的所作所為；你覺得如果自己做得不夠好，就不值得被愛；你不能犯錯，因為犯了錯就不會被愛，這是你父母造成的，盡力怪他們吧！我說：「這樣不是很不負責任？」諮商師立刻回說：「你看，你又在怪自己了。」

檢點過去的感情確實是這樣。我總把對方的需求視為最重要的事情。如此一來，若遇到本性善良的人，可能就因為雙方情感失衡導致分手；但換成是心懷不軌、個性有些歪斜的人，可能就會被對方利用，予取予求，拚命索討。

我曾經因為恐怖男友流落街頭，有家歸不得。幸好一位朋友伸出援手，讓我住進她家公寓；失魂落魄之際，高中同學買菜來煮給我吃，一邊揮舞著菜刀說「哪個人渣欠你錢，我去幫你要回來」；大學好友聽聞我晚上睡不好，三更半夜打電話給我，劈頭就問：「要不要去吃二十四小時牛排館？」我們當真搭上計程車前去，凌晨四點，台北街頭冷冷清清，卻還能吃到鵝肝醬菲力，覺得非常幸福。在這些好朋友的支持下，我度過了因感情遭受的挫折與磨難，也讓我有勇氣再嘗試。

愛情路上，我依然跌跌撞撞、深信自己不會結婚，直到遇見現在的情人。

我現在的情人是女生。雖然喜歡同性對我來說並不陌生，只是過去交往的對象一直都是男生。國高中讀女校的我，也曾經喜歡上同學，但校園中受到矚目的情侶，淨是長得好看的人，青春期總被媽媽嫌長得醜的我，覺得自己沒有喜歡別人的權利。

我從來沒有和媽媽聊過我的性向。一直以來，我都知道自己可以喜歡男生，也可以喜歡女生，但總覺得喜歡女生的那個部分，還是不要讓媽媽知道的好。高中時期，我有個很要好、甚至有點搞曖昧的同學，我們在學校傳紙條，回家後還要講一兩個小時的電話，有一回，媽媽忍不住問我：你是不是喜歡那個某某某啊？我們只是朋友啦！我連忙否認。媽媽像是鬆了一口氣的表情，我到現在都還記得。

媽媽自詡是開明進步的知識分子，我們也常常一起看同志電影，甚至聊過同婚議題。就算如此，當發現自己的小孩可能是同志時，還是忍不住顯露出恐懼。雖然我想那不是恐同，而是擔心我未來的路不好走，也擔心親友的眼光。

高二下學期，我和對方鬧翻了，躲在房間裡哭了好幾天。我不知道要和誰訴說心情，只好上網路聊天室向陌生人傾吐。網友說，這只是一時迷惘，上大學遇到男生就會恢復「正常」。我確實上了大學，也開始和男生交往，慶幸自己終於「正常」了。我刻意遺忘過往，想要安分守己當個異性戀。

但我遇到她了。我立刻知道自己並沒有「變成」異性戀，我還是喜歡女生。這段感情從萌芽到發展，到最後我們決定結婚，這之間我沒有任何一點猶豫。我第一次感覺到，我實實在在掌握著自己的人生。對比媽媽過世時，橫亙在我眼前的一片荒蕪與迷霧，如今我看到的是一條清晰的道路，為我鋪展開來。

厭世女兒筆記

當時父母念，
今日爾應知。

——白居易

但我不能不想到爸爸媽媽。我對我的情人說，如果連那麼疼愛我的爸爸都可以拋棄我，離我而去，我真的不知道還可以相信誰。我小心翼翼的把這段感情捧在手心，生怕自己做錯什麼，也會失去一切。但是她說，你可以再任性一點，沒關係的。你不用事事追求完美，因為你已經很好很好了。

諮商師告訴我，盡力去怪爸爸媽媽吧，過去發生的那些事情，都不是你的錯。如果你相信他們是愛你的，那麼就盡力責怪，因為他們也會接受的。試著相信他們是愛你的吧。

試著相信，這就是我的生命，屬於我的一部分。

我們是不完美的媽媽、不完美的女兒？

今天是個值得留意的日子，你，十八歲了。

十八歲是人生另一個階段的開始，你將進入大學，認識許多新朋友，參加許多社團活動，然後經常性的不在家……我想像那光景，彷彿看見一隻即將離巢的雛鳥，舞動翅膀奮力高飛！

媽媽對你做過蠢事，傷過你的心，我一直沒忘記這些，而我只能祈求上帝幫助你，讓那些傷痛能早日撫平，請原諒媽媽的可鄙。

聯考將屆，希望你能如願進入你想就讀的學校科系，希望你健康、快樂，希望你踏上新的旅程時，一切均已就席，而你也已備妥各種能力，希望你永遠善良、美麗。

God Bless You.

生日快樂！

永遠愛你的 媽媽

媽媽會寫信從門縫滑入我的房間。高中時期，常常一起床就看到門口躺著一封信。以至於早上睜開眼睛，第一個想到的就是今天有沒有信呢？

我並不喜歡收到媽媽的信。

信的開頭大都是稱讚，可能是成績不錯，或是最近很自動自發做家事，讓媽媽感到欣慰。但接下來話鋒一轉，就會是數落、責備。我寧可她當面罵我，也不要這樣令我提心吊膽。

十八歲生日收到這封信，心中也沒有喜悅。媽媽知道我在等她的道歉，顯然她對過去的一切似乎不在意，完全無法觸動我的心。

或許，她也已經盡力了吧。面對自己犯過的錯，畢竟不是容易的事。「可鄙」兩字很沉重，誰會願意這麼說自己呢？

十八歲的我並無法讀懂這些，只看到媽媽輕輕提起輕輕放下，而我的傷口還是傷口。

收拾媽媽的遺物時，發現了媽媽的日記，裡面記錄著我兩三歲的童言童語。「媽媽謝謝你照顧我」、「媽媽謝謝你讓我穿這麼漂亮的衣服」、「媽媽謝謝你帶我出去玩」、「媽媽，我好愛你」……

還有一篇寫道，她對我發了脾氣，我卻說：「你這麼生氣幹嘛呢？我是你女兒耶！」媽媽一聽，氣就消了。

但我記不起來自己曾經那麼親密地黏著媽媽，對她講過這麼多甜言蜜語。記憶真的很不可靠。

媽媽三十歲生我，現在的我已經超過那個年紀了。三十歲的我曾吃仙草當晚餐，還拍照上傳到臉書，發文：「如果不能吃仙草當晚餐，我幹嘛長大？」這樣的我有能力生養孩子嗎？

其實我並不是媽媽的第一個孩子，早在我之前，還有一個哥哥或姐姐流掉了。甚至很後來也才知道，即使生了我，媽媽還懷過一個孩子，不幸也流掉了。我算是媽媽唯一存活下來的小孩。

媽媽有一位香港朋友是很厲害的教育專家，她把一個孩子跳級送入香港大學，另一個進牛津大學。媽媽有時會感嘆：「當初如果把你送去給香港阿姨養，你一定會更有成就吧。」

這樣的話，小時候聽起來只覺得媽媽是想要丟棄我，但現在的理解，更多是媽媽嫌棄自己不是個好媽媽。

但，媽媽你已經很努力了。

媽媽臨終時，我跟她說：「我已經原諒你了。」其實是騙人的，我並沒有原諒媽媽。多年來，一想到過去的事，我依然會氣得發抖。現在的我會想說的是：「我接受你。」就算依舊憤怒，就算不能原諒，但是我都接受。

我接受媽媽不是那麼完美的媽媽，也接受自己不是那麼完美的女兒。

如此一來，我就不用回答那個愛或不愛的問題了。

厭世女兒：你難道會不愛媽媽？/
厭世姬文．圖. -- 初版. -- 臺北市：
大塊文化，2019.06
面；　公分. -- (catch ; 243)
ISBN 978-986-213-977-6(平裝)

855　　　　　　　108005424

LOCUS

LOCUS

LOCUS

LOCUS